Contents

阿修羅ガール

an Asura-Girl in Love

第一部 アルマゲドン

1

減るもんじゃねーだろとか言われたのでとりあえずやってみたらちゃんと減った。私の自尊心。

返せ。

とか言ってももちろん佐野は返してくれないし、自尊心はそもそも返してもらうもんじゃなくて取り戻すもんだし、そもそも、別に好きじゃない相手とやるのはやっぱりどんな形であってもどんなふうであっても間違いなんだろう。佐野なんて私にとっては何でもない奴《やつ》だったのに。好きだと言われた訳でもなく友達でもなく学校が同じだけでクラスもクラブも遊ぶグループも違う佐野明彦なんかと私はどうしてやっちゃったんだろう？

お酒のせい？

お酒のせいにするのは簡単だけど、でもそれはやっぱり違う。道義的に、とか倫理的に、とかの間違いじゃなくて、単純に本当じゃない。

本当は、ちょっとやってみたかったからやったのだ。

佐野明彦のチンチンは冗談のタネが無数に並んで全部爆発寸前って感じで小さかった。噂《うわさ》どおりだった。私には、ふーんじゃあその噂を確かめてみるかという軽い気持ちもあった。佐野明彦の、チンチンの小ささをカバーするための指テクとかゼツギとかの噂の真相にも、まあちょっとだけ興味があった。佐野のテクニックの良し悪《あ》しについてはよく判定できなかったけど、まあ仕方ないと思う。私はどうしても、ちょっとでも好きになった相手じゃないとのれないのだ。でも、それなりに濡《ぬ》れはしたということは、やはり佐野のテクはそれなりにあったんだろうし、てことは噂も本当だったと言えるんだろう。この私も、好きでもない佐野明彦にいろいろいじられて、ちゃんと濡れはしたのだ。

最悪。

私の頭をくらくらさせるのは、あの時、横になった私の体の周りを裸でひょこひょこ移動しながら私に触り、私に浴びせてきた佐野明彦の馬鹿《ばか》みたいな台詞《せりふ》。

「気持ちいい？」「ここ、いいんじゃないの？」「あ、これ、いいでしょ。いいよ、声出して」「入れて欲しくなったら言ってね。入れたげるから」「グチョグチョじゃんアイコ。音たってるよここ。ほら。ね」

気持ちよくねえよ。いくねえよ。声なんて出ねえよ。出てもおめえに聞かせる声なんてねえんだよ。入れて欲しくねえんだよ。おめえのチビチンポなんて入れて欲しくもなんともねえんだよ。入れたげるじゃねえよ。上に立とうとすんじゃねえよ。責めてるつもりになってるんじゃねえよ。あそこが濡れるのはおめえのおかげじゃねえんだよ。そんだけグリグリ動かしゃ耳の穴でも鼻の穴でもグチョグチョ音がたつんだよ。

佐野明彦のバカチビチンポ。

超ちっちゃいくせにギチンと固くなってて気持ち悪かった。なんか変だった。いびつな感じだった。それが私の中に入ったんだった。

ああもうホント最悪。

「ああ、アイコの中気持ちいい」「アイコ、うう、アイコ、ああ、凄《すご》い締め付ける」「バックでやらせて」「上に乗って動いてみて」「腰、もっと動かして」「背中、そらして」「アイコ、超綺麗《きれい》じゃん。すげーチチ。巨乳揺れてる。ぼいんぼいーん」

馬鹿じゃん?·命令すんじゃねえよ。バックとか騎乗位とか、やってみたいからって連続でパッパパッパパやるんじゃねえよ。自分の見たいポーズ取らせるんじゃねえよ。

私のおっぱい嬉《うれ》しそうに揉《も》むんじゃねえよ。

佐野明彦はきっと全部エッチビデオでそういうのを憶《おぼ》えたんだろう。だから自分が画面で見たことを追体験したくて、私をひっくり返したりでんぐり返したり手やら足やらをぐいぐい持ち上げてみたりしたんだ。

それに顔射!

馬鹿馬鹿馬鹿馬鹿!佐野明彦の、短小なのに包茎じゃない、潔《いさぎよ》くない、キモいチンチン略してキモチンの超馬鹿馬鹿!

同級生の顔に顔射しようとすんじゃねえよ!

危ないとこだった。早く終われーとか思ってぼんやりしてたけど、イクイクとか言いだした途端にギラリと光った佐野の目の悪巧《わるだく》みに咄嗟《とっさ》に気づけてホント良かった。ボケーッとしたままだったら、あのまま佐野の汚らしい精子が私の顔に襲い掛かっていただろう。そうなったら、私の自尊心はもう二度と取り戻しようのない手の届かない遠くの暗闇《くらやみ》の一番暗くて冷たくて淋《さび》しい場所に音もなく落ちて沈んで細切れのズタボロになってとうとう消滅してしまっていたに違いない。

これまで何とかこらえて踏ん張って頑張ってやってきた私の自尊心。佐野明彦の顔射なんかであっさりと失う訳にはいかない。

私のナイス反射神経がサババッと反応してくれたおかげで佐野のウンコザーメンは私の腕にかかっただけで済んだ。

つーかそれ、「だけ」じゃないし。私の大事な左腕が。ご飯を持つ手が。これからご飯を食べる時にはマネキンとかバービードールみたいに左腕を肩からスポンと切り離して自分の部屋のベッドの下にでも隠して右腕だけでテーブルにつきたい。私の大事な左腕は、佐野明彦の阿呆《あほ》のせいで汚《よご》れてしまった。

テニスだって剣道だって、左腕が頼りなのにそれはもう穢《けが》れてしまった。

顔射されかかってそれよけて左腕汚れてシーツでぬぐって私は咄嗟に部屋の中見回したけど、ラブホの中にはラケットも竹刀《しない》も置いてはいないし代わりになるものも見つけられなかったので、しょうがないので、「なんだよー、よけんなよー」とか言ってへらへら笑ってまだミニチンポ握ったまんまの佐野の顔を素足で蹴《け》った。「あいたっ」とか言ってベッドの向こうに倒れた佐野にはもう何も言いたくなかった。なんか、頭ん中にLLクールJみたいな黒人の男の人が出てきて「OKオールライト、ガール。ソーゲットザファックアウトオブヒア！ナウ！」って言って両手をパンと打ち合わせたので、私はそばにあったパンツとブラを速攻着けてTシャツ着てスカート穿《は》いて、ベッドの脇《わき》に転がったまま鼻を押さえて「いてー。なんだよーハハハ。なあ俺さー鼻血出てない？」とか言って嘘嘘《うそ》さっきの冗談冗談みたいな感じにしようとしてる佐野を放ったらかして、バッグ持ってドア開けて部屋出ようとした。あーしまった。お金。ホテル代。

ま、いいか。奢《おご》らせときゃいいか。

やっぱ駄目だ。後から半分取りに来られても困る。私は財布から三千円とってドアをもう一回開けて中に放り込んだ。

ひらひらと舞いながら佐野の靴のそばに落ちる三枚の千円札の向こうに「え。あれ。ちょっとどこ行くんだっつーの。待ってってマジで、ちょっと。あ、ホントアイコ、マジでマジで。マジかよこんなのありえねーよ」とか言ってる素っ裸の、フルほどないフリチンの佐野が見えたけど、うんざりするだけで、私はドアを閉めた。最後にさらにヤなもん見た。私は私の財布から出た、私の持ち物だった、私の味方のはずだった千円札三枚を、残酷にも人身御供《ひとみごくう》にでもするつもりで捨ててそこから逃げ出した。最悪の顔射野郎から。人が言うほど良くなかった小さなチンポコから。阿呆な出来事から。阿呆な自分から。

阿呆な自分はついて回る。そっからはどうしたって逃げられない。

佐野とやった女の子は私以外にもいたんだろうけど、本当に皆、あのエッチのどっこが良かったんだろう?と考えて、何となく、自分が騙《だま》されていた気がした。罠《わな》だったんだ。

佐野の必殺の顔射フィニッシュを、他の子にも受けさせる罠。

多分皆、よっぽどショックだったんだろう。だからきっと最後の顔射には一言も触れずに、良かった良かったチャンスあったらいっぺん試してみた方がいーよとか言ってたんだ。私はそれにまんまと引っかかったうっかり娘の第…何号か。

私もこれから誰かに佐野の顔射のことを内緒にしたまま良かった良かったとか言うだろうか?いっぺん試した方がいいよチンチン超ちっちゃいけど、その分テクニックが凄いんだよーとか?

でも私はそれはやらない。例えばレーコとか翔《しょう》ちゃんとか最近うざいから佐野の顔射くらってシャピーンとかなってるのを想像するのは楽しいけど、やっぱりそれはしない。佐野とやって激減した私の自尊心も、そこまで減ってはいないのだ。

佐野とやったことなんて私は自分からは話したくない。内緒にしておきたい。秘密のままで放っておきたい。できることなら忘れちゃいたい。さらにできるならホントなかったことにしちゃいたい。

でも佐野の馬鹿がどーせ明日学校で喋《しゃべ》るんだろう。そしたら私は佐野が最後に顔射しようとしたからふざけんなってギリギリでよけて回し蹴りくらわしてやったよーとか言って茶化しちゃおうか。

やっぱやめとこう。そんなことでは十分に茶化せないし。「顔射」なんつったらクラスの男子は皆私をＡＶで見たシーンに当てはめてデヘヘとなるに違いない。そんな想像されるのも超嫌だ。佐野の馬鹿に裸でいいようにいじくられてるところを想像されるのも超嫌だ。バックとか騎乗位とか。最悪だ。

明日は学校を休もう。

…でもそんなんじゃ、なんか、逃げたみたいで鬱《うつ》なので、学校にはちゃんと行こう。

私は逃げるのは好きじゃないのだ。

とかそんなこと言ってっけど、私、実際逃げてたんじゃないの？逃げて逃げて、逃げついた場所が、佐野とホテルで意味不明のエッチだったんじゃないの？

ふん。最悪の阿呆は私だ。

失恋する人間なんか、絶対この世にたくさんいる。そん中で好きでもない相手とやっちゃう人も結構いるだろう。さらにそん中で、うっかり顔射とかされちゃう可哀想《かわいそう》な人たちも、それなりにいるに違いない。前にお兄ちゃんが言ってたけど、チマタのレンタルビデオの収益の大半はアダルトビデオからくるらしいから、つまりこの世にはたくさん、佐野みたいにセックスのあれこれエロビから学んでる人間がいるのだ。そいつらが皆女の子に顔射しようとするとなると、被害者の数はかなり甚大になるんだろう。あのうざったい煩《わずら》わしい偽物《にせもの》くさいピュッピュッピュッピウを顔にかけられるなんて。可哀想過ぎる。

私も可哀想過ぎるの一歩手前だ。一歩手前だけど、ほとんど可哀想過ぎるの域だ。私は自分を憐《あわ》れんじゃう。でもどんなに憐れんでも、それが全部自分でまいた種だから救いようがない。憐れむしかないけど、憐れまれたって救われない。それに誰も、別に私なんて救ってくれない。

だから自分で自分を救わないと。

それにはどうしたらいいんだろう？

まず自分を憐れむのをやめよう。

お兄ちゃんが前に、レンタルビデオ屋のエロビの話とは別のときに、確か、「自己憐憫《れんびん》が一番タチわりーんだよ。うじうじ腐るだけで前にも上にも進まねーから」とか言ってた。なんかそのとき一緒に、「とか言っても自己愛もおんなじくらいタチわりーけど。イマイミキとか。あーいうこんな自分が好きとかこんな自分になりたいとか言ってる奴は結局自己完結で終わって人の話なかなか聞かねーんだよな。とにかく自分自分言ってる奴はどいつもこいつもどんなふうでもとにかく最悪」とかイマイミキなんて会ったこともないし喋ったこともないのに言ってたけど、それはともかく。

とりあえず私も自分自分言うのはやめておこう。

じゃあどうしようか。

まずはとにかくこの意味ない汗と汚いいろいろで汚れた体を綺麗にしよう。お風呂《ふろ》お風呂。新宿から調布まで特急で十五分だけど、それが超長く感じる。

私はやっと家に帰ってお風呂場に飛び込んでシャワーを浴びて、シャワーじゃ何となく足りなくて落ち着かなくて、いっぺんお風呂から出てお湯を沸かしてお風呂に入りなおして湯船に浸かる。そしたら思い出してもう一回お風呂を出て裸にタオル巻いてそんだけのカッコで二階に上がって自分の部屋からＢＯＤＹ　ＳＨＯＰのソープを取ってきてお風呂に戻って湯船にその緑色の丸いボールを放り込む。ラベンダーのきっつい匂《にお》いがお風呂場に充満してむせ返りそうになって泡風呂完成。泡風呂もラベンダーの香りも普段は別に好きじゃないんだけれど、へこんだときにはやっぱり外人気分でしょ、というのが最近の私の自分セラピーで、なかなか効くのだこれがちゃんと。今日の私はお気に入りのシャスティン。スウェーデンからアメリカに留学した女子高生で兄のオッレは田舎から時々エアメールをくれてそっち（ボストン）の暮らしはどうだとかこっち（ハデブラ村）では羊の世話が大変だとか今度飛行機のチケットを取ってそっちに行くから動物園でワニを見よう、俺はまだ生まれてこのかたワニなんて見たことないよ、とか書いてある。シャスティンははるばるスウェーデンからアメリカにやってきて、でもちっとも物怖《ものお》じせずに自分のペースで生活を進める余裕たっぷりの女の子だからコンプレックスとか何もなくてハデブラ村にいた自分もボストンにいる自分も両方ちゃんと距離を取って把握しているからアイデンティティも確かで、だから物事全般において余計な気負いも特にない。そんなふうだから一見ちょっぴりすました感じのシャスティンだけど、近寄りがたい感じは最初だけで、そもそもさばさばした性格だからすぐにいろんな人と仲良くなっちゃって男の子の友達も女の子の友達も多くて、しっかりしているように見えるからついつい恋愛の相談を持ちかけられてしまう。ホントは自分にも人並みに恋愛の悩みとかあるんだけどなあ、なんて思わなくもないけれど、まあ自分のことは自分で考えようと思っちゃうから、まあいいやで済まして友達に簡潔で的確なアドバイスをしてあげる。アドバイスなんて簡単なのだ。日本の東京のアイコ・カツラにもシャスティンから単純なアドバイス。

アイコ、好きじゃない人の人肌は寂しさ深くするだけなのよ。偽物の暖かさなんてアイコをさらに冷たく冷やすだけなんだし、偽物の交わりなんてアイコと世界の距離をさらに広く広げるだけなのよ。

うん、なんだか今私、世界から遠い。

アイコ、でも世界からの距離感なんてこと、あんまり考えない方がいいわよ。「道のり」はわりとはっきりしているものだけど、「距離」なんて、不確かで曖昧《あいまい》で、儚《はかな》いものなんだから。

《「道のり」は長く、「距離」は儚い》ね。

そうよアイコ。世界との距離感なんて考えてたら、野口さんとか蓮見《はすみ》さんみたいに高いところから飛んじゃったり、グルグル魔人みたいに猫とか犬とか殺した挙句に近所のまだ一歳にならない三つ子ちゃん揃《そろ》えて攫《さら》って川原でバラバラにしちゃったりしちゃうかもよ。

私、狂ってないもん。

まあ、狂ってる狂ってないはどっちでもいいとして、そもそもアイコは誰のことが好きなの？

…。「誰が好き？」と訊《き》かれて一番最初に浮かんだ顔や名前がその正しい答えなら、やっぱり私は関谷《せきや》先輩のことが好きなんだと思う。

「関谷先輩」は単なる条件反射でしょ。アイコ、中学の時にちょっと関谷先輩にはまりすぎただけよ。

だって関谷先輩カッコ良かったんだもん。

そんなことはどうでもいいから。関谷先輩は高校に入った途端に剣道やめてテニス部入って合コンやって合コンやって合コンやって合コンしかやんなくなって学校来なくなって消え去った阿呆でしょ。カッコ悪いと思ったんでしょ。がっかりしたんでしょ。関谷先輩はなし。さあアイコ、ホントは誰が好きなの？

リヴァー・フェニックスかなあ。

死んだでしょ。それにリヴァーのことなんて、ホントのことは何も知らないでしょ。アイコはリヴァーがマーサ・プリンプトンみたいな子と付き合ってたって知って、ちょっと好感持っただけでしょ。

でも芸能人なんて誰のことも、ホントのことよく知らないし。

芸能人はどうでもいいから。アイコの周りにホントに好きな子、いるでしょ？

笠見《かさみ》？

二ヵ月しか持たなかったでしょ。

石山君？

セックスばっかりでデートしなかったでしょ。

中川？

そんなの告られてちょっとドキッとしただけでしょ。大体アイコ、今挙げたの皆、全員過去の人ばっかりじゃない。今何かあるでしょ。今誰かいるでしょ。今もと言うか、今までずっとと言うか…。

相良《さがら》？

ああ相良君ね。

相良のことは本当に好きだと思うよ。時々なんかムショーに会いたくなるし。

でもアイコ。相良君の名前を出すときもクエスチョンマーク付きだったじゃない。

あのねアイコ、好きな人の名前を訊かれてクエスチョンマーク付きで答えてるうちは全部間違いなのよ。愛ってのは迷わないものなのよ。絶対正解で間違いとは無縁のものなのよ。誰々君のことが好きなのかしら?なんてふうには考えないものなのよ。好きな相手が誰だかなんて、答えは唯一無二《ゆいいつむに》でこの世で一番明らかなのよ。

ねえアイコ。ホントは関谷先輩よりも前からずっと好きだった人がいるでしょ。笠見君にも石山君にも中川君にも佐野君にも取り替えられない男の子が。

さすがはシャスティン。

そうなのだ。もうホント悪いんだけど、いや別に誰に悪いって訳じゃないけどなんとなく自分に対してかな?悪いんだけど、ベタベタ過ぎてこっちだけじゃなくてそっちもそっちもあっちもどっちもすっごくウンザリなんだろうけど、どうしようもなく、私は小学校の同級生だった金田陽治のことがもう六年くらいずっと好きなのだ。初恋の男の子が、ずっと好きなままなのだ。スマン。

いやスマンて謝っても済まない。

私は泡風呂の中に深くずり込んでため息をつく。ため息が目の前のバブルバブバブをふわりと除《の》ける。除けられた泡の向こうに濁ったお湯が現れる。お湯の中には私のお腹《なか》とあそこと両足があるはずだ。

私のあそこを今日、佐野の阿呆《あほ》が触ったなんて信じられない。

私はまたへこみかけるけど、そこに再びシャスティンが登場して大事なことを言ってくれる。

こんなことくらいでへこんじゃ駄目よアイコ。世の中にはもっと酷《ひど》い目に遭ってる人がいるし、もっと酷い目に遭うことだってありえたんだから。

そうだ。その通りだ。

やはりシャスティンは凄《すご》い。私の欲しい台詞《せりふ》を的確に言ってくれる。

その通りなのだ。私はもっと酷い目に遭ったかも知れないのだ。例えば顔射が命中して私は佐野にもっと酷く汚されていたのかもしれないし、さらに最悪なのは、佐野が口の中でいかせてくれとか言って口ん中に突っ込まれてドピュドピュやられた挙句に飲まされたりすることだ。おぅえ。いやいや本当に最悪なのは、佐野の阿呆がうっかり中出しして私のお腹に佐野の赤ちゃんができることで、そんなことになったら私は佐野をぶっ殺してお腹の赤ちゃんを一人で育てるだろう。塀の内側で。檻《おり》の中で。アマゾネス？私はプリズンエンジェルよろしく刑務所の中で女囚たちや看守たちと戦いながらもちゃんと私の赤ちゃんを育てて見せるだろうが、でもこの場合がやっぱり一番最悪だ。私は刑務所には入りたくないしそんなところでプリズンエンジェルを気取りたくもないしそんなところで私の大事な赤ちゃんを育てたくもない。

そんな目に遭わなくて良かったと思うべきなのだ。

この世にはいろんな目に遭う人がいる。

そこまで考えると、私の頭の裏側の内側にまたしても可哀想なあの男の人が出てくる。変態の家の地下の暗がりで自由を奪われて組み敷かれて二人組の変態の男にお尻《しり》の穴を犯されてしまったあの男の人。その人はさっきホテルで佐野を蹴《け》る前に私に声をかけてくれたLLクールJみたいな肉付きのいい黒人の人だ。自分を犯した変態の股間《こかん》を銃で打ち抜いてからその人はブルース・ウィリスに「アーユーOK？」とか訊かれて「アイムプリティファッキンファーフロムOK」って答える。アイムプリティファッキンファーフロムOK。変なボール口の中に入れられて無理矢理変態にお尻を犯されたらそれはやっぱりそうだろう。アイムプリティファッキンファーフロムOK。「OK」なんかからは程遠いんだろう。あの黒人の人はホント可哀想だ。

でも私は？

私はOK？

うーん。

うん、ＯＫ。

少なくともまだ、私はアイムプリティファッキンファーフロムＯＫって感じではない。

私はとりあえず顔射も口の中でドピュドピュゴクンも中出しもプリズンエンジェルも避けられたのだ。

うん、ＯＫ。

これまでの人生の中で一番最高の時って訳じゃないし正直辛《つら》いけど、でも大丈夫。

私はまだまだやってける。

好きじゃない男の人とセックスしちゃうアホな女の子なんて、私だけじゃないはずだし、それどころかこの世にはそんな人が私の想像しているよりももっとずっとたくさんいるはずなのだ。そして、そんな女の子達の中には顔射やら口の中で〜やら中出しやらプリズンエンジェルやらの目に遭ってる人たちもたくさんいるんだろう。いや、プリズンエンジェルはなかなかないか。ってそんなことはどうでもよくて、とにかく、私はヤな目に遭ったけれども本当の最悪の目に遭った訳じゃないのだ。

私はまだＯＫ。

こんなところでへこんでたら、実際プリズンエンジェルの人に申し訳ない。私は今回の失敗を反省してもう好きでもない人とやるのはホントにやめよう。新しい人を好きになろう。別の人を探そう。

な〜んて反省を繰り返して、でも新しい人も別な人も現れなくて、寂しさの余りにまた訳判《わか》んない奴《やつ》とやっちゃうってのも、もうホントにやめよう。いつまでも反省してばかりじゃ駄目だ。ホントに、もう二度と、同じようなミスはしない。

ああああ。

「つーか陽治がやらせてくれたらなあ」と私は声に出して言う。風呂場の中で私のド本音が響き渡る。私は恥ずかしくなって腰をずらして肩までお湯に浸かって泡の中に顔を埋める。「あー陽治とやりてーよマジで」という次の私の台詞は泡の中に閉じ込められる。

私はお風呂から出て新しいTシャツとバミューダに着替えてタオルで頭を巻いて自分の部屋に行って本棚のパンフ置き場から『パルプ・フィクション』を取り出してあの「アイムプリティファッキンファーフロムOK」なところまで追い詰められた可哀

想な黒人の人をチェックしてみた。あの人はLLクールJじゃなかった。ヴィング・レイムスだった。やっぱりな。LLクールJはラッパーだと思ってたんだよね。でも、あれ？LLクールJもなんか映画出てなかったっけ？何だっけ？また間違えてんのかな。私は黒人の人の顔の区別が上手《うま》くつかない。好きな人の区別すらよくついていなかったのだ。しょうがあるまい。

いやしょうがあるまいじゃあるまい。しっかりしろ。まったく。

2

小学校のクラスに二崎貢司《にざきたかし》って奴《やつ》がいて、こいつは凄《すご》い頭良くて勉強できたくせにサドで苛《いじ》めっ子で何考えてるか判《わか》んないところがあって、突然何も理由が見当たらないのに昨日まで一緒に遊んでいた男の子をハブったりして一人で楽しんでたようだったのだが、クラスの皆がこいつをどう扱っていいんだか判らないまま勉強できるし運動できるし口は達者だし何か怖いし何が理由で嫌われたり好かれたりするんだか判らないしということでとりあえず二崎君はクラスの中心に置いといてアンタッチャブルって感じだったんだけど、そんな二崎に対抗したのが隣のクラスの浦安正輝で、その浦安の友達で、浦安が二崎をボコったときに止めに入ったのが金田陽治だった。

浦安は体が小六らしくなくてムキムキムチムチしててなんかナチュラルにムネ筋がぼいーんと出てて、繰り出すパンチは二崎のものとは迫力が違った。ズバーンズバーンズバーンと浦安は二崎の顔ばっかり殴った。多分二崎の顔がちょいハンサムだったのが内心ないし無意識的に気に入らなかったんだと思う。二崎の顔が浦安のパンチを受けるたびにグリングリン回って二崎のサラサラした髪が顔の動きに合わせてサバンサバンと振り回された。放課後の廊下で始まった喧嘩《けんか》だったけど、私のクラスの皆は周りで見つめるだけで誰も止めに入らなかった。でも私も思っていたように、ああもうそれくらいでやめてあげたほうがいいんじゃないのイジメったってハブっててただけだったんだし基本的に二崎自身は暴力ふるってないんだから、と皆だって思ってたんじゃないかな。けど誰も実際にとめにはいったりしないところを見ると、まあでもしょうがないかも、とか、二崎もちょっとやりすぎてたところあるし、とか思ってたんだろう。私もやっぱそう思ってた。やりすぎってのはつまり相手を選ばなかったこと。いや二崎は選んでたのかも知れないけど他の人にそれを伝えられてなかったこと。それでも二崎は人の顔を殴ったり体を蹴《け》ったりはしなかった。浦安が一分くらい凄い勢いでボコったら二崎はなんか目が充血してきて、あヤバイじゃん浦安、二崎失明させちゃったりするんじゃないこのままだったら、って、よく見ると二崎は泣きだしたのだった。皆の前で。二崎が泣いてるところ、私はこのとき初めて見た。皆もきっとそうだったんだと思う。皆うわって感じで見てた。「すっ」という二崎の、鼻から空気を吸い込む音が聞こえて、それが続けて途切れ途切れになって「すっすすすす」と痙攣《けいれん》するような音になって、それは二崎の肩の震えに同調してた。「はあっ」と一息で短く息を吐いてそれからまた「すっすすすす」。お腹《なか》がびくびく震えて上手《うま》く呼吸ができないのが判った。うーわ二崎むちゃくちゃ泣いてるー、ダサ、最悪じゃんアホじゃん、ボコられて泣くんだったら最初っから何にもしなきゃ良かったじゃんと私は思った。「えー」とか言って、私の隣に立ってたカンちゃんとシマは二崎の脆《もろ》い泣き顔に哀れを誘われて…って言うより唐突に萌《も》えて、「もうやめなよー」とか言い出した。私はこういう文脈がない萌えっ子の一人に数えられるのが嫌で、ほんのさっきまでもういいじゃんやめとけばーとか思ってたけど方向転換して、咄嗟《とっさ》に、この際せっかくだから超泣かしまくってもらってダサダサ二崎の威張りん坊時代の切ない終わりでも眺めてよーとか思った。ガバイゾーな二崎。シェチュネ〜。シェチュネ〜よホント。もうこれからどんな顔して学校来ていいんだが判んねーだろなーの二崎。シェチュネ〜。

面白半分の私の期待の通りに浦安は泣いてる二崎を殴り続けた。容赦ない。何があったんだか知らないけど浦安は二崎をとことんボコってボコってボコりまくるつもりでいるらしい。「やめなよー」の声も浦安のブチキレ具合に押されて小さくなってしまう。浦安怖い。二崎カッコ悪い面白い。

そこに青色のポロシャツを着た、背丈も体つきもフツーの男の子が入ってくる。

「もうやめればウラッチ。もういいんじゃん？」

「いいんだよカネちゃん。こいつ泣かしたって判んねんだよ」

「殴って泣かして判んねーならそのまま殴ってたってどーせ判んねーだろ」

「判るまで殴んだよ」

「まーまー。やめとけってウラッチ。押して駄目なら引いてみろって。いいからもうやめろってば。そんなん全然意味ないから」

「意味ねーけどさー」

「ちょっと退《ど》いてみろって」

二崎の上に馬乗りになった浦安が退くと、その青色のポロシャツの子が浦安の肩をポンポン叩《たた》いて「人殴んのも疲れるっしょ？つーかウラッチ手とか怪我《けが》してねえ？」と訊《き》く。浦安がはっと気づいて自分の拳《こぶし》を見ると、指の付け根のところの関節の上の皮膚が両手とも剝《む》けて赤くなっている。「うお、怪我してる」ととぼけた声で言う浦安に「保健室行くとそれ喧嘩したのバレバレだから、とりあえず手洗ってきたら？」と言って浦安を洗面所の方にやってから、青いポロシャツの男の子は床に寝転んだまましゃくりあげて泣いてる二崎に手を差し伸べた。

スラリと伸びた細くて長い手だった。

肘《ひじ》と、手首の関節の、華奢《きやしや》な雰囲気を今でもはっきり思い出せる。浦安のぶっとい腕とは違う穏やかな右腕。あれは何か悪いものに対する遮断機《しやだんき》だとか良いものを呼び込む掛け橋だとか、そんなふうに見えた。

罰《ばち》当たりな二崎は、寝転んで両腕で顔を隠すようにしてまぶたを押さえて泣きながら、その差し出された腕を足で蹴った。

「うっせーな！放っといてくれよ！」と二崎は言った。「何だよ！」

それに青色のポロシャツ君が答えた。

「愛だよ」

金田陽治はいつもいつもアホなことばっかりやってる、なんと言うか、お調子者だった。カンちゃんに聞いたところでは小三の遠足でバスの窓から友達とふざけておしっこをしたらしいし（一応窓の外には誰もいなかったし車も走ってなかったらしいけど）、小五の運動会では「ハンデ」とか言ってバドミントンのラケットを持ったまま百メートル走もリレーも出たし（百メートル走ではそれでも一位をとったのだけど、リレーではバトンとラケット両手に持って走って一人抜いたあとにバドミントンラケットが自分の足に挟まってずっこけて負けた）、このときだって「愛だよ」の後に「愛は地球を救う」とかしょうもないことを言ってたんだけど、でもそれでも、私が「愛」なんて言葉を自分の名前以外に生で聞いたのはこれが初めてだったし、その言葉を聞いて急に自分が恥ずかしくなったのだった。面白半分に二崎の殴られるのを見ているべきではなかった。殴られると痛いんだし、人前で殴られるというのはショックなことだし、それは誰にとってもそうなんだから、やっぱり普通に、最初っから、二崎を殴る浦安に「やめなよー」とか言って何かするべきだったんだ。「二崎の萌えっ子みたいに見られたくない」なんてつまんないこと考えていずに、「もうやめたらいいんじゃない？」と思ったところでそれをちゃんと言うべきだった。私の名前は「愛子」なのに私には「愛」らしい愛が欠けてて到底地球なんか救えない。今のままでは。

私は急になんだか居たたまれなくなって、二崎と青色のポロシャツの男の子から離れた。カンちゃんとシマはそこに残って二崎に萌えたままだった。

その場を離れた私の進む方向に洗面所があって、そこから浦安と浦安の友達が出てきた。手が濡《ぬ》れたままだった。拳の皮が剝けて赤いのもそのままだった。痛々しかった。浦安も「いてー。なんか沁《し》みてきた」と言っていた。それでついバカじゃん？みたいな顔をしてしまったけど、それに気づいて私はまた反省した。バカなのは私も同じじゃん。浦安は何かに怒って二崎を叩いていた訳だけど、私は何かの理由があってそれを傍観していた訳じゃないんだから。

二崎のことは好きでも嫌いでもなかった。二崎が苛めるのは男の子だけだったし可《か》愛《わい》らしい顔をしているけど好みじゃないし、二崎のイジメは周到で陰湿だけれども他の子のイジメほど暴力的だったわけじゃなかった。酷《ひど》い奴はもっと酷いことをする。

じゃあどうして私は二崎を見殺しっていうか、殴られるのを放っといて傍観してたんだろう？

きっと私は二崎を苛めてたんだ。気分の上では。

どうして二崎を苛めてたかっていうと、特に理由ないけど、強いて言えばそのときの流れ。二崎は人を苛めてばかりで自分は何にもされてなかったから、ちょうどいい機会だった。二崎の順番が回ってきたんだなって感じだった。イジメなんて持ち回りなのだ。私だって小四の頃に突然クラス全員から無視された。意味が判らなかったけど、多分イジメに意味とか理由なんてないんだろう。持ち回り。で、二崎にもとうとうお鉢が回ってきたねと何となく思ったに違いなかった。

でもどうしてイジメなんてあるのだろう？

それはやはり愛が足りないからだと思う。

誰の？誰の愛が足んないの？
私の？
皆の？
この世の全体の？

誰に対する愛が足んないの？
私に？
皆に？
この世に？
それともやっぱり二崎に？

そんなの判んない。
そんなの今でも判んない。
私はその、金田陽治に初めて気づいた日の夜、学校から家に帰ってご飯を食べてお風呂《ふろ》に入ってテレビを見て、その間ずっともやもやしていた台詞《せりふ》をとりあえず日記に書いた。

「愛が足りねーんだよ、愛が」

誰の？誰に対する？
そんなの判んない。そんなの今でも判んない。
重要なのは、そういうふうにして私は金田陽治を見つけたのだし、そこから私は愛に関して反省するということを始めたのだし、廊下に寝転がって皆の前で泣いている二崎に差し伸べられた、あの青いポロシャツから伸びる白くて細い腕を私がちゃんと憶《おぼ》えたということだった。

でもなかなかあ〜私金田陽治のこと好き好き超好き〜っていうふうな感じにはなら

なかった。

　さっきも言った通りに金田陽治はお調子者でアホなことばっかりしていて、はっきり言って猿の子供みたいなものでふざけてばかりで、とっくに思春期に突入している小六の女の子の「恋愛対象」にはちょっとなりにくかったのだろうと思う。そりゃそうだ。二崎ボコボコ事件の後、私は金田陽治のアホなところばかり見せられていた。体育のサッカーでは途中で裏切って味方のゴールにシュートして決めて仲間から追い掛け回されて、どうやってだか判らないけど体育館の屋根に登ってそれを見ていた先生にムチャクチャ怒られていたし、修学旅行ではバスに鹿を乗せようとして見つかってバスに乗せてもらえず百メートルくらいバスを追っかけて走っていたし、授業中に数人でふざけてお互いの顔に落書きして見つかって落書きを残したまま廊下に立たされて休み時間もそのままにされて、おでこに「トイレ」、ホッペに「ペヤング」「名古屋」と書いてあるのを目撃した。

　アホすぎる。

「オリーブ」とか「セブンティーン」とか読み始めて脇《わき》と脛《すね》の毛を剃《そ》ってさらに眉《まゆ》とか顔の毛の処理も始めた私には到底胸キュン無理だった。

でもこれまで全然その存在すらよく知らなかったのにそんだけアホなところを目撃

しているということは、私の目が金田陽治をよく見るようになったということだった。

そうなのだった。休み時間だとか掃除の時間だとか学校の行き帰りだとか、教室を出ると私はつい金田陽治を探してしまうのだった。

でも、それでも私の気分的には「またあの子アホなことしてないかなー」ってふうに軽い笑いを求めるような感じだったし、そういう期待がかなりの確率で叶《かな》えられるゆえの更なる頻繁《ひんぱん》なチェックだったのだ。

まあそんなことはどうでもいい。

人のことを好きになるための状況的条件の一つは、やっぱりその相手を頻繁に視界に入れるようにすることだ。

何度も見てりゃいろいろいいところも見えてくる。

ん？いいところ？

金田陽治のどこがいいところ？

アホだし。

ふざけてばっかだし。

目立つし。（目立つ子嫌いなはず）

うるさいし。（うるさい子も嫌いなはず）

背低いし。

あ、背低いし。私は身長が高いほうで小六ですでに百六十センチあったので彼氏は背高い子じゃなきゃやだーとか思ってたんだった。それがどうしてなーんかちびっこいあの金田陽治なんか好きんなっちゃったんだろう?ありえないだろ実際。

でもなんかそうなっちゃったんだ。

アホも過度のおふざけも目立つこともうるさいことも背低いことも、結局あの白い腕、あの悪いものの遮断機、あの良いものの掛け橋、あの「愛」の手に、あっさりひっくり返されちゃったのだろう。

何で?

私は何であんな「愛」の一言と、差し出された一本の腕に、こうもあっさりやられてしまったんだろう?

そんなに愛を求めていたの?

んな訳ない。私にはそんな気分なかった。

んな訳あるかもよ。だって私、日記に「愛が足りねー」って書いたじゃん。「愛が足りねーんだよ、愛が」とか書いたじゃん。

いやあれはイジメを生む原因としての愛の不足を嘆いたんだし。恋愛の愛じゃなくて。

愛はそんなふうに局部的、セクション別的なものじゃなくてもっと全般的なものだし万能なものなのよ。

何だよふと気が付けばまた出てきたなシャスティン。

結局二崎君と一緒の世界にいたあなたにも、あの時金田君は手を差し出していたのよ。あなたはそれを直感的には知っているの。あの手を握ってしっかり捕まっていれば「愛が地球を救う」世界に行けるんだって。

そんなババハマ。

子供の頃の金田君じゃないんだから下らないこと言わないの。まったく。

じゃあ私は陽治のことが恋愛として好きなんじゃなくて、自分の世界が嫌で救ってもらいたいだけってこと？

だけじゃないの。それもあるってこと。

それ以外に何があるの？

「好き」があるの。

何それ。

「好き」って何？って疑問は無意味。

どういう意味？

「好き」は「好き」だけ。理由はないの。側面もないの。「ここが好き」「こういうところが好き」とかは言えるけど「ここがあるから好き」「こういうところがあるから好き」というふうには言えないの。

何それ。意味判《わか》んない。

上手《うま》く言えないだけよ。意味は判るでしょ。

うん、判る。

そうなのだ。

アホだなアホだなまたアホなことやってるなアハハと思って眺めているうちに、私は何となく陽治のことが好きになってしまったのだ。

ここが、とかじゃなく。

こういうところが、じゃなく。

理由も何もなく、ただきっかけだけがあって。

あの差し出された白くて細い手。

あれは本当に綺麗《きれい》な手だったなあ。

「愛は地球を救う」。それもあるけど。

でも多分きっと、人が人を好きになるときには、相手のことかそことかこういうところとかああいうところとかそんな感じとかそういうふうなとことかが好きになるんじゃなくて、相手の中の真ん中の芯《しん》の、何かその人の持ってる核みたいなところを無条件で好きになるんだろうと思う。私もだから、陽治のその核のことが、胸の裏に貼《は》り付いて離れない。

3

しばらく学校休んじゃおうかなとか思ってたけど、佐野がべらべら適当な噂《うわさ》流し始めるのに遅れたくなくて対抗したくて私は私なりの言い分要所要所広めておきたくて意地張って学校行ったら、すでにメールとかで噂広まっててどうやらもう遅いらしくて、あークソこれから皆にムチャクチャからかわれて笑われるのかーと思ってたら、なんとシメられた。

教室入ったらいきなりカンちゃんとシマに「ちょっとアイコ、話あるからちょっと来てよ」と言われて連れてかれたのがベランダとか階段とか美術室の前とかじゃなくてなんとトイレで「あ、やべー」と思ったらナルッチとミヨンとナカジマと、おまけにマキまでトイレん中入ったところの鏡の前に集まってた。あれナルッチとマキは昨日の飲み会いなかったじゃん。でも関係ない奴《やつ》らまでいるっつーことはこれは小ジメじゃなくて大ジメだ。そもそも階段の一番下とか上じゃなくてトイレに連れてかれたことからも判《わか》るけど。それにしてもとにかく私はマキの存在が怖かった。シメにマキが入るのと入らないのではシメの規模に「戦争」と「紛争」くらいの違いがでるのだ。

つーか何でマキが来てんの？

とことんやるつもりなんだ。いや皆にそんなつもりがあるかどうか判んないけど、とりあえずとことんやるようなことがあっても仕方ないかもねーくらいには思ってるんだ。

くそー。

駄目、カッカするなアイコ。熱くなるな。

まず何でシメられるのかちゃんと考えてそれに対する自分の態度を決めておいて、もし反論するならその反論について考えなくちゃ駄目だし認めて謝るんだったらとりあえず謝り方とか考えといた方がいいでしょ。

でも、まず何でシメられるのかがすでによく判んない。トイレまで連れてこられる間いろいろ考えてみたけど判んない。何でなの？

佐野明彦とやったから？でもそんなの結構他にもいるしカンちゃんもミヨンもやったはずだ。去年か一昨年《おととし》くらいに。二人とも「佐野いーよ」「佐野ってさ～もうなんかさ～凄《すご》かったんだけど」「佐野マジあれセックスマシーンだよ。パウ！とか言ってたもんあいつ。やりながら」とかなんとか言って私にもやってみたらどうかと言っていたのだ。そんで実際やったからってシメられたら訳判んない。そりゃないでしょ。昨日飲み会佐野と消えたときにちゃんと連絡取らなかったからかな？　でも飲み会の終わりに佐野と消えりゃ消えて何やってるかぐらい判んじゃん？　昨日のやつは「そういうことナシ」とか言われてないし皆もそういうことこれまで何度かあったんだから構わないはずだし。

じゃあ私、飲み会で何かしたっけ？　あんまり憶《おぼ》えてない。

飲み会の前とか何かあったっけ？　パッと思いつかない。

じゃあ何なの？

何で私いきなりシメられんの？

事情もよく判んないままとにかくシメが始まる。口火を切ったのはマキの脇《わき》に立ったミヨンだった。「あんたさー、なんで呼ばれたか判ってる？」。判んないよ。何なの？　私が黙ってると「黙ってないでなんか言いなよ」とシマが言う。「態度悪いよアイコ」。だって何で呼ばれたか判んないんだもん。それに判んないなんてあっさり言うとどーせ余計に挑発的に聞こえてうっかりすると中の誰かがキレるだろうしそれがマキだと困る。って遅かった。「なんか言えよオイ！」といきなり言ってマキが私の頭を横からスパアン！って叩《たた》いた。痛いよりもビックリした。何？　何でこいついなりこんなテンパってんの？「何すんだよ！」って言って私は咄嗟《とっさ》に応戦。私の蹴《け》り上げた右足がマキの左足の太ももを横からバチーン！と叩く。その手応《てごた》えっつーか足応えで私は決めた。とりあえずマキを潰《つぶ》す。私の素早い応戦にもマキが怯《ひる》んだ様子はちっともなかったが、剣道とテニスで鍛えた私のムチムチの右足のスーパーキックがわりと効いたらしくて「いってーなこのビッチ〜」とか言って足をさすってて、私はすかさず「うっせーなおめーに何の関係があんだよ！」と言いながら私はマキの頭を上からぐいと押さえ込んで体重乗せて屈《かが》ませてそこに右の膝《ひざ》を思い切り上げてうつぶせたマキの顔にガツン！と当てた。さらに強い手応え…って言うか足応えあり。このニーキックのやり方はお兄ちゃんから教えてもらったのだ。複数の敵に囲まれたときの喧嘩《けんか》の仕方も。一番強そうなのをできるだけたくさん殴れってお兄ちゃんは言ってた。だから私はマキを狙《ねら》ったしマキには容赦しなかった。私はマキの後頭部の髪を引っつかんで押さえ込んだまま膝をガンガン蹴り上げてマキの結構綺麗《きれい》な顔にぶち当てた。「やっ、ちょっ、やめてよ！痛い痛い！痛いってば！痛いってばカツラ！痛いって！痛いって！もう！カツラ！」。トイレのタイルに赤いものが落ちてどうやらマキが鼻血を出していることも何となく判ったけど、私は膝蹴りをやめなかった。私はマキが怖かった。マキはシメの女王。今のシメの世界ではトイレに磔《はりつけ》の刑が流行《はや》ってて消毒した細い釘《くぎ》を両方の手の平に突き刺してトイレの個室の扉に打ち付けて固定してしまうのだ。オカマ掘りツアーとか安全ピンで千人刺青《いれずみ》とか色々あったけど、磔はどれにも劣らず超怖い。まあそんなことをやるのは基本的に男子だけだけど、マキだってキャラから言ったらそういうことに挑戦しかねないのだ。なんて勝手に考えて、消毒した釘も釘を打つ金槌《かなづち》もそこには見当たらないのに、まずは徹底的にマキを潰さなきゃいけないとか、マキがもう立ち上がって私に向かってこないように追い込まないといけないとか、一体この状況何なの一とか、私はそんなことしか考えてなかった。どうせ他の子達はマキとはキャラが違うから私を言葉でとめようとするだけで乱暴な手にはでてこない。つーか荒っぽい場面を実際に見たら引くだけだろう。だから一層私はマキを派手に蹴った。「訳わかんねーところにしゃしゃり出てくるんじゃねーよマキィ!誰がビッチだっつーの。ああ?マキィ!誰がビッチだっつーんだよコラァ!」。女の子用の不良漫画はないから何となく男子の感じに似てくる。ウラァとかゴルァとか言ったりして。マキはもう「あはっ、あはっ、かっ、がはっ」とか言うだけで喋《しゃべ》んなくなった。「ちょっとやめなよアイコ。その辺でもうやめときなってば」とかやっぱり皆、口で言うだけで私とマキの間に実際に体使って入ってきたりはしなかった。ふん。知らん。私は周りの皆が「やめなよ」と言ってる間はずっとマキの顔に膝蹴りくらわすことに決めてホントにくらわして、皆が引きまくって黙っちゃってからゆっくりマキの頭を離した。マキは鼻血がドロドロ出ててそれを私が膝で突き上げたもんだから顔中が真っ赤になっていた。私の膝もマキの血で真っ赤になっててスカートにもちょっとかかってた。マキは私が手を離すとガクンと倒れかかったけど、トイレのタイルの上に寝っ転がるのは嫌みたいで咄嗟に手をついて防いで、ガハガハ辛《つら》そうに息してから四つんばいのままトイレの外に出ようとした。「どこ行くんだよーコラ。そこ座ってろよマキ」と私は言ってマキの後ろの髪を引っ張って四つんばいを止めてトイレの入口のところに座らせた。トイレの入口から廊下までは曲がりくねった短い通路になっているから、廊下歩いてる奴らには鼻血ブーのマキは見えない。細くて背が高くてモデル体型で歩き方もカッコ良くてなんかいろんな事務所からスカウトされるのがウザくて原宿とか青山とか歩きたくない美人のマキは鼻血を流してトイレの入口で足を開いて体育座りしていてもなんだか映画の一シーンみたいにハマってる。マキは無言で肩を上下させながらハーハー口で息し始めていて、しばらくは立てなそう。

立つなよ～。怖いから。

私は怯《おび》えを隠したままミヨンたちに顔を向ける。

やっぱり皆ムチャムチャ引いてる。ビビってる。でも怖い〜って顔じゃなくて、なんか変な顔で皆私見てる。何よその顔。

「何？」

私が訊《き》くとシマが言った。

「やっぱアイコちょっとおかしいよ」

「何が？」

「何でそんな、マキにひどいことすんの？　ちょっと頭叩かれたくらいで。絶対やりすぎだよ」

何言ってんだって。六人で私一人シメようとして、それもトイレみたいな公共の場所で、さらにマキまで混ぜといて、あんたらに私が反撃するとき手加減すると思ってんの？それもマキだよ？ここでちゃんと潰しておかないと余力残ってたら倍返しされちゃうっつの。礫とかそういう酷《ひど》いことされちゃうかも知れないっつの。

「あんたらがマキ、呼んだんでしょ」と私が言うと五人とも黙った。もうカンちゃんともシマともミヨンともナカジマともナルッチとも遊べない。もう私はこの人たちとはお終《しま》いなのだ。トイレでシメる、マキを混ぜるということはそういうことなのだ。反撃してマキをボコった私をさらに責めるということはそういうことなのだ。でもまあいい。私にはまだヨシダとかマリリンとかがいる。この子達とはもう縁切りだ。でもその前にはっきりさせなくてはいけないのは何故《なぜ》こんなふうになったかということ。

「何でこんなことんなってるの？」と私は訊いた。答えて欲しい。教えて欲しい。どうして私たちはいきなりトイレでシメてシメられてんの？今度の夏休み海とかいろんなとこ遊びに行く約束これでもうナシんなったんだろうけど、何でなの？一体どうして？

でも私の答えて欲しい質問を無視してカンちゃんはこんなふうに訊いてくる。「アイコ、昨日の夜、どこにいた？」

なんだそれ。

「家にいたよ」

何訊いてんの？私が佐野とどこのホテルに入ったか知りたいの？

「佐野と消えたっしょ。どこ行ったの？」

マジで？そんなこと知りたいの？

「どこだっていいじゃん」

「良くないよ」

「はあ？何でよ。何でそんなこと言わなきゃいけないんだって」

「どっかのホテルでしょ。昨日ホントに家帰ったの？」

「帰ったってば。佐野に訊いてみりゃいいじゃん」

佐野はプライド守るために適当な嘘《うそ》言うかも知んないけど。

すると皆変な顔したままお互いの顔を見合わせた。

なんだよ。

「つーか佐野学校来てないよ。佐野、昨日の夜に消えたんだけど。つーか結構マジで殺されちゃったくさいんだけどさ。あんた、知らないの？」

はあ？

「何それ」

「何それじゃねえっつーの」と言って皆が私のほうに詰め寄る。皆顔がマジだ。マジで？マジな顔してるからマジなんだろうけど…え？何で？マジで何で？よく判んない。殺されたってどういうこと？何それ。何それとか言ってる場合じゃないんだろうけど、でもホント何のことだか判んない。

「何で佐野が殺されるんだって」と私が訊くと「こっちもそれが知りてーんだよ」とシマが言う。「だからさー、あんた、それ関係ないの？」とカンちゃん。「ちょっと待ってよ」と私は言って「佐野が殺されたって、マジの話？」と訊いた。するとナルッチが「マジでなかったらこんな話こんなふうにしないって。でも殺されたかどうかはまだハッキリしてなくて、消えただけなんだけど」と言う。はあ?消えた?消えたって、手品みたいにパッと消えたってこと?つーか、それを言うなら失踪《しっそう》でしょ?「ねーちょっと待ってよ。全然話が判んないんだけど」と私は言った。「ちゃんと最初っから話、してよ。どうやって佐野失踪したの?」と私は訊いたのだが「もういいよ」とカンちゃんは言った。「あんたにそんな説明する暇ない。いいからちゃんと答えてよアイコ。あんた、昨日の夜さー、十時から一時までの間、どこにいたの?」。何なんだよ。「十時半に家着いてそれからずっと家にいたって」「家着いたのが十時半なら、十時から十時半までどこにいたのさ」「新宿から帰ってきてた。電車に乗ってたよ」「新宿から調布まで特急なら十五分くらいじゃん」「でもホーム行ったらすぐ電車乗れるわけじゃないし、乗っても時間まで出発しないし、駅まで歩いたり、家まで歩いたりするのに時間かかるっしょ。何言ってんだって」「一人で?」「は?」「一人で帰ってきたの?」「一人だよ」「佐野は?」「一緒じゃなかったよ」「佐野どうしたのさ」「むかついたからホテルに置いてきたんだって」「はあ?ちょっと、あんた何でホテルに置いてきたりすんの?」「だからむかついたからだって」「何が」「何でもいいじゃんそんなこと」「良くないよ。佐野殺されてんだよ。あんたがむかついた理由、何でもいい訳ないじゃん」

殺された～?今のところまだ本当に殺されたかどうか判《わか》んないんでしょ、それ。まだ姿を消してるだけなんでしょ?すぐ殺されたとか思う。って言うかさー。

「ちょっと待ってよ、カンちゃん、私のこと疑ってんの?」

「まだ判んない」

「まだ判んないって、そんな質問するんだから疑ってんじゃん」

「まだ今は色々確かめてんの。まだアイコが犯人だと決め付けてる訳じゃないよ」

「当たり前だっつーの。何で私が佐野なんか殺すんだって」

シマが言った。「だってアイコ、佐野のことむかついたんでしょ。だとしたら殺してもおかしくないじゃん」

何言ってんのこのバカ。「むかついたら殺してもおかしくないなんて、そっちの方がおかしいじゃん。あんた、むかついた相手、絶対殺すの?」

黙ったシマの代わりにナルッチが言う。「シマには殺せないだろうけど、アイコは強いじゃん喧嘩」

私も含めて皆がここでちらりとマキを見た。マキはハンカチで鼻を押さえてうつむいたままじっとしていた。それを見てカンちゃんが「マキ、鼻の、目の間んとこ、つまんどいた方がいいよ。そっちの方が止まるから」と言ったが、マキは無言でうつむいたまま首を振った。綺麗でプライド高いマキだから、たぶん他の人の前で自分の鼻つまんだりしたことないんだろう。

確かに私はそれなりに喧嘩強いのかもしれない。昨日も佐野の顔蹴ったし…。

うん？

私はここですっごくギクッとした。息が止まった。

そう言えば私は昨日、ホテルでやったあと、佐野の顔を蹴ったんだった。蹴ったらスガーン！と勢いよく床に倒れたんだった。

あのあと佐野は平気そうに「いてー」とか言いながら笑ってたけど、ひょっとしてあのキックが効いてて、打ち所が悪くて、頭ん中に出血とか起こしてて、後から時間経《た》って酷くなって死んじゃったんだったらどうしよう？

私はさっと頭から血が引いて首の裏の奥のほうに一気に消えて行くのを感じた。きっと顔色も変わったに違いない。皆が私の顔の変化に気づいて眉《まゆ》の間にシワ作ってる。

ちょっと待ってよ。何にも思うところなんてない。私のキック顔面に一発食らったくらいで、男の子は死なない。

でも佐野体細いし。バカだし。私のキックまともに顔面に入ったし。

いやいやでも女の子のキック一発で死んじゃうほど人間は脆《もろ》くないだろう。それに「バカ」は関係ないし。

とにかく私はここで私のキックを思い出して、もう何も上手《うま》く喋れなくなった。言いたいことを言えなくなった。何か言うのが怖くなった。白人の男の人が「OK、ユーハヴザライトトゥリメインサイレント。ユーハヴザライトトゥコールアトーニー…」とか言って逮捕された時の権限を並べていく声が頭の裏に聞こえた。私には黙秘権がある。私には弁護士を呼ぶ権利がある…。私はホントにあのキックで佐野を殺したの？でも私にはそんなつもりはなかった。殺意なんかなかった。つーことは第二級殺人だ。日本なら過失致死。いやでも佐野がホントに死んだかどうだかまだ判んないんじゃないの？

「何とか言いなよアイコー」「何か思い出したことあるんじゃないの？」「何か気が付いたことあるんじゃないの？」「ちゃんと言いなってばアイコー」耐え切れずに「私、何もやってないよ」と言ったけど、その弱々しい声は皆の疑いの火に油を注いだだけだった。

「じゃあはっきり説明しなよー」「黙ってると不利だよアイコー」「昨日の夜、結局何があったの？」「何がむかついたの？」

うるさいうるさいうるさいうるさい。

するとカンちゃんが「皆でいろんなこと言ってもアイコ答えられないよ」と言って皆を黙らせてから私に言った。「もうハッキリさせよ、アイコ。何がむかついたんだか判んないけど、あんた佐野に何かでむかついて、マキみたいに佐野、ボコったんじゃないの？」

違う。

マキみたいにはボコってない。

でも全然ボコってないって訳じゃないから何も言えない。

するとまた皆が何とか言いなよーとかうるさい。でも一発顔蹴《け》っただけ、とか言っても、それこそ「だけ」じゃ済まされないだろう。この雰囲気じゃ…とか躊躇《ちゅうちょ》しているうちに他の女の子がトイレに入ってきた。こういう展開があるからトイレのシメは困る。シメが広がるから。入ってくる人は必ず何やってんだろーって視線だしその視線を知っててカンちゃんとかは私を責め立てる。「ねーアイコ。だから、あんたと佐野、何があったんだって」とか言って、佐野の名前までわざわざ出す。「えー何カッラ佐野と関係あんのー？」とトイレに来ただけのリコとかエミリとかも興味津々《しんしん》でやばい。私関係ないよ、と言いたいところだけど、自分で自分のこと疑ってて今はそんな風に言えない。言っておくべきなんだろうけど言えない。私の両膝《ひざ》の裏がジワーンと嫌な感じで痺《しび》れてきた。ガクガク震えもきた。「やばいじゃんアイコー、何とか言った方がいいよー」と面白半分にナカタまで言うけど、何となく何も言えないのだ、私、今は。

で、黙っているうちにトイレだから女の子がたくさん来て、シメが始まってるの知ってみんななかなか出て行かないから来た分どんどん溜《た》まってちょっとした騒ぎっぽくなってきたから、逆に助かった。

「おいおい何やってるんだっつーの」とか言って女の子の群れの中に入って来たのは、ああ！陽治！嘘！マジで?!でも私シメられてる途中でカッコ悪い。陽治は女子トイレん中にぐいぐい入ってきて、「ちょっとヨウジ～どこ入ってきてんのよ～」を無視してしまう。私を見つけて私の膝の血を見つけて「おめーら一体大勢で一人囲んで何やってるんだって」と言うが、いやこれ私の血じゃなくてマキの血だし。「ヨウジは黙っててよ」とカンちゃんが言うが、陽治は「黙ってらんねーよバカ。こんなことしてアホじゃねーの?神崎。何やってんだよ。どうせ佐野のことでカツラシメてるんだろうけど、よく考えろよ。指届けられたんだろ?カツラが佐野の指切って佐野んチ届けたりするはずねーだろ」

女子トイレにドッと動揺が伝わって震える。

私も震える。マジで？

指？

何のこと？指切ったの？

佐野？指切られたの？

ウチに指届けられたとか言って、ホントに？

私と同様にそんな情報知らない子もいたらしくて、「えー金田それマジでー？」とかほとんど悲鳴みたいな声があがる。そんな声を聞いて陽治はきょとんとした顔して「え？あれ？みんな知らないの？つーかこれひょっとして内緒だっけ？あれ？やべー。マジやべー。これ警察とかに怒られちゃうかな、うわー」とか言って馬鹿《ばか》みたいで皆が私から注意を逸《そ》らす。「ちょっとそれ詳しく話してよー金田〜」とかせがまれたけど、陽治は「いやいやいいのそんなことは。警察に訊いて。とにかくさー、こんなトイレなんかで誰かを苛《いじ》めんのよそーよ。神崎、もういいっしょ？さすがにカツラも佐野の指切ったりしないだろ」と言ってカンちゃんの返事も待たずに私の腕を取ってトイレから引っ張り出してくれる。騒然としたトイレの中で、カンちゃんたちは私を引き止めることすら出来ない。さようならカンちゃん、ミヨン、ナルッチ、ナカジマ、シマ。なんか皆いい子達だと思ってたのになー。

陽治は私の手を引っ張ったまま私を保健室に連れて行ってくれる。保健室の前まで来て陽治が手を離したから、あここ?え?保健室?何で保健室?私怪我《けが》してないよ、と思って私は私の膝に付いた血を思い出す。あそうかそうだったこれだ。「それ診てもらえよ」と言う陽治には気が引けたけど、正直に言うしかない。「陽治、あのさー

これ、私の血じゃないんだよね」

「は?ほんじゃ誰の?あれ?ひょっとして返り血?」

「え?うん」

「誰の」

「え?マキ」

「え?斎藤さん?何で?」

「いや、ちょっと」

「あそこのトイレにいた?」

「いたと思うよー」。たくさん人が入ってきてからはよく判んないけど。

「マジで?ちょっとじゃあ俺、助けにいってくるよ。つーかそれ、カツラがやった

の？」

「え？　うん。えへ」

「えへじゃねーよバカ。ちっ、ちょっとそこで反省してろ！」と言って陽治は私のおでこに手の平を押し付けるようにしてドツく真似《まね》をしてから私を置いて猛ダッシュで走り去ってしまった。階段を二段飛ばしくらいで駆け上がる陽治の上履きの足音が聞こえる……。

えへ。

なんだか嬉《うれ》しいような悲しいような……。

ま、助けてもらえたんだからいいか。

と、いうことにしよう。

うん……。

ぽつんと保健室の前に残されて突っ立ったままで、何となく、これからどうしよーかなーと思ってて、そしたら名前知らない先生が廊下を早歩きでこっちに来て、あ、やべ、何か言われるのかなーと思ってたらその先生は何も言わなくて私の膝の血にも気が付いたふうじゃなくて、保健室のドアをゴンゴンと叩《たた》いて開けた。すると中に見えたのはマキだった。一足先にトイレを抜け出て保健室に来てたのだ。マキの超ちっちゃい顔の中央の鼻には顔に比べたらかなり大きく見えるガーゼが当てられてテープで留められていて、その半透明のテープだけが白いのは、顔の真ん中に当てられたガーゼの方は鼻血で真っ赤になっているからだった。その血染めのガーゼの両脇《わき》から、マキはドアの前に突っ立ってる私を見て、射抜いた。マキの目は透明無色のレーザー光線でも出すみたいで、それに打たれて私は心臓が止まってしまった。

死ぬ前の二秒間、私はこれからあの世でも鼻の潰《つぶ》れたマキにとっ捕まえられてさらに長い間念入りに酷《ひど》い目に遭わせられることを確信して、その恐怖で全てが無感覚になるのをじっくり味わった。

モデル並に可愛《かわい》い女の子のムチャクチャ形のいい鼻、ニーキックで潰した罰なら何がふさわしいんだろう？

私はそれを自分で選べるんだろうか？

4

その日それからも色々あってそれらが全部終わってからの夜、ベッドで寝てたらふと気づくと暗闇《くらやみ》の中、足元に佐野が立ってて、あ、佐野じゃんなんだよ見つかったんじゃんと思ったら真っ白な顔がぼんやり浮かんでいるだけの佐野は無言のままで屈《かが》んで私の布団を足のところだけペロンとめくって剝《む》き出しになった裸足《はだし》の私の足に手を伸ばした。私の左の足首を超強く握った佐野の手の平は何かピシヒャ～ッと冷たくて私は佐野死んでる！っと思って叫び声をあげたかったんだけどあげられなくて、佐野一体何するつもり？と思って見てたら佐野は私の左足の土踏まずの辺りから白い糸を一本ニュウッと引っ張った。それは一ミリくらいのちょっと太目の丈夫そうな、綿でできてるみたいな糸で、どうやら私の体の中から抜き出されているらしかった。私の胸の内側から左足にかけてちょっとまっすぐ突っ張るような感じがあって、確かに私の体の中から糸が抜かれていくモニョモニョモニョモニョスイーッ…とした気配がちゃんとあった。どうやら抜かれているのは私の内臓を編んでいる糸らしくて、それが引っ張られてほどかれて佐野によって私の左足からすいすい抜かれていくのにあわせて、私の胸の中にあるいろんな臓器がバラバラに壊れてぬるく溶けていくような感じがあった。まずは胃。お腹《なか》がゆるりととろけて熱くなった。肺がほどけて小さくなっていくにつれて私は呼吸が細くなっていった。それから心臓。順番に私は内側から溶けていって、お腹とか胸が糸が抜かれた分だけしぼんでぺしゃんこになっている。心臓を抜かれ始めたと私は気づいてパニックになった。佐野の無表情にむかついた。ああもう超キショーいやめてよ！でも私は足に力が入れられなくて佐野を蹴《け》れなくて、体に力が入れられなくて佐野から逃げられなくて、いよいよ首の内側から糸が抜かれ始めて首を曲げられなくなって佐野を見ることもできなくて、私は暗い天井を見上げたまま観念した。私は死ぬ。佐野に糸を抜かれて死ぬ。私は内側からほどけていって最後には全身の全部が一本の糸になって死ぬ。私は一本の長い白い糸になった自分を想像した。

上手《うま》く想像できなくて虚《むな》しかった。

これから自分が何になるんだか、私は判《わか》らないままなんだ。

どうなるのか判らないのが、ただひたすら悲しくて、私は泣いた。糸になる前にちょっとでも泣けて、良かった。私の涙は糸になった私を濡《ぬ》らして私という糸の中に染《し》み込むだろう。それがちょっと気分良かった。

糸になってほどけていく部分が私の首の内側から頭の中に移ってきて、私は私の頭の中のシュルシュルシュルシュルシュルという音を聞いた。脳がゆっくり糸になっていく。何か考えられるのももう後少し。最後に何を考えよう？

やっぱ好きな人でしょ。思い出でしょ。

金田陽治。

金田陽治の顔を思って、その脳が糸になれば、真っ白の糸に陽治の顔の模様がつくかも知れない。

…って、あれ？

え？

待って。

ちょっと待った。あれ？

つーか陽治の顔どんなんだっけ？

あれ、嘘《うそ》。マジやばいじゃん。思い出せないよ。

陽治。

陽治。

陽治。

嘘、私全然思い出せない。

陽治。

陽治。

陽治。

…やばい、私、何も思い出せないまま全部糸になっちゃう。

あれ？それともひょっとして、陽治、陽治の思い出、陽治の記憶、全部もう糸になっちゃった？

嘘、マジで？

最後に陽治の顔、ちゃんともういっぺん見ておきたかったな〜…。

あ〜…陽治…もう…。


で、真っ暗になって、シュルシュルシュルシュル…という頭の中から糸の抜ける音と、足の裏から糸が手繰りだされる感触だけがリアルに残る、という嫌な夢を見て、私は目を覚ますとすでに朝…じゃなくて、カーテンの隙間《すきま》から差し込む光の感じから言ってなんかもう昼臭い。

歴代ワーストファイヴに入る嫌な夢だった。

ちなみに一位はというと、何か知らないけどいきなり私は葬式に出てて、いろんな人に囲まれて座ってて、誰の葬式かなと思ってみると、実はお兄ちゃんので、ビックリしたその瞬間に、お兄ちゃんを殺した殺人鬼がその葬式に乱入してきて皆に襲いかかって、超ダッシュで逃げ出した私を追いかけてきたので、咄嗟《とっさ》に、そばにいた、隣の家に実際に住んでいる八歳くらいの女の子を見つけて、そのミユキちゃんを殺人鬼の方に突き飛ばして、泣いているミユキちゃんが殺人鬼の刃物で血まみれになっているのを振り返って見ながらそれでもひたすら逃げつづけるって夢だった。あれは最悪だった。だから私は小学校に通っているミユキちゃんに今でも罪悪感を感じる。私はちゃんと意識して、自分が生き延びるために、ミユキちゃんを殺人鬼の方に突き飛ばしたのだ。ミユキちゃんだと知ってて。

ま、私は酷《ひど》い奴《やつ》なんだと思う。一皮剝《む》けば、自分のために妹でも隣の家の女の子でも殺人鬼の犠牲にさせてしまう冷酷な人間なんだと思う。

私は布団《ふとん》をめくってベッドの上で寝転んだまま自分の左足を持ち上げて足の裏の土踏まずのところを確認した。糸の先はなかった。そりゃそうだろうけどそりゃそうだじゃない。私は凄《すご》いほっとした。自分が内側からほどけて長い長い糸になるなんてキショ過ぎる。肩の後ろ辺りがぞくぞくする。私はなんか脱力しちゃってしばらくベッドから起き上がる気がしない。

で、寝転んだまま陽治の顔を思い出してみる。思い出せるじゃん。保健室の前まで連れていってくれたときの陽治の顔。血に濡れた私の膝《ひざ》のことを心配してくれた陽治。思い出せるじゃん。超思い出せるし。

どういうこと？

起きてる時にちゃんと憶《おぼ》えてることを寝てるときに忘れてるなんてありえんの？

頭ん中に入ってる脳は一つなのに、寝てるときと起きてるときと、まるで別物みたいだ。でも実際そういうことなの？寝てるときと起きてるときじゃ脳は別物なの？

それとも脳は二つあるの？

寝てるとき用と起きてるとき用と？

いやありえないしそんなこと。

多分寝てるときには脳も働きが鈍って簡単なことも出来なかったりするんだろう。

体が一本の長い糸になることは想像できても好きな人の顔を思い出すことができなかったりするんだろう。

つーかそれじゃ困るし。

私はもっとしっかり陽治の顔を頭に刻み込まなくてはいけない。寝てるくらいで陽治の顔が思い出せないとか、これからはそういうことがないようにしなくてはならない。何故《なぜ》なら、私だってこれから本当に、マジで、何かの場面で酷い目にあって気を失いかけたり死にかけたりするのかも知れないんだから、もしそんなときに薄れてく意識の中で最後に陽治の顔を思い出そうとしてあれ?やべー思い出せないしシャピーンでは済まないから。こわ。最後にそういう痛恨のミスはしたくない。

私は脳が眠りかけたり死にかけたりしたとしても余裕で陽治だけは思い出せるようにしておきたい。そういう場所に、陽治を憶えておきたい。難なくさっと手に届くところに、陽治の記憶を残しておきたい。

そうするにはどうしたらいいんだろう?

会いなさいアイコ。

そうだよねシャスティン。

で私はベッドの中から手を伸ばしてテーブルの上の携帯を取って寝転んだまま折りたたみのディスプレイを開いて時間を見る。火曜日のお昼十二時十分。もうお昼休みじゃん。私はうつぶせて枕《まくら》の上にほっぺを置いて左手でニチニチニチニチボタン押してメールを書く。「おはよ〜。って言うと寝てたのバレバレだ〜。ようじ今ごはん？次の時間サボってどっか行かない？」。どこ行くの？ってどうせ訊《き》かれるだろうな。
「佐野の事件調べるとか」。どうやって？っても訊かれるだろうな。「やり方判んないけど、でも何かやれることあると思う。とりあえず会おうよ」。何で俺が佐野の事件調べなきゃなんねーんだよ、とは陽治は言わない。陽治はいい奴だから佐野みたいなアホとかとも結構仲良くしてたみたいだし、なんで俺がナニナニしなきゃなんねーんだよ、とかそういう台詞《せりふ》は絶対言わない。無理なら断ってくるけど、時間的物理的余裕あったら大抵なんでもやってくれる。授業はいつも真面目《まじめ》に出てるみたいだけど…休んでくれるかも。前にもなんかふらっと授業サボってたし、一度授業の途中で手え上げて「せんせー眩暈《めまい》するっす」とか言ってスタスタ教室出てって帰ってこなかったし、基本的には真面目だけど、不意に適当な感じにくだける奴なのだ。

私はニチニチニチニチメールに付け足す。「事件について、ちょっと思うこともあるし」

まあホントにちょっとだけ、思うことがあるのだ。これでいくらか陽治の気を引けるだろう。

佐野明彦はあの夜私があのラブホ一人で出た後でだいたい三十分くらいしてから一人で部屋を出て、フロントに降りてきて、それから外に消えた。それから佐野が何してたのかはまだ判っていないはず。佐野に何が起こったのかも。でもとにかく佐野の足の指に何が起こったかは判ってる。佐野がいなくなった夜のうちに佐野の家に包みが届けられてて、朝早くにそれを見つけた佐野のお母さんが開けてみると、封筒の中のビニール袋の中にサランラップでグルグル捲《ま》きにされた佐野の右足の小指が入ってて、実際にはどんな文章だか知らないけど、佐野を返して欲しければ一千万円寄越せとかそんな感じで書いてある手紙が一緒に入ってた。

そういうのは全部、私に佐野とラブホに行った日の話を訊きに来た刑事さんから聞いたことだった。

私がちょっとピンときたのは、攫《さら》った人間の足の指を送りつけてきたということについてだった。

なんかこれ、知ってる。この手口。なんだっけ。映画。誰だっけ。なんか、スゲーだらしない人が出てんだよね。ムカつくやつと、だらしないやつ。あと、ボウリング。紫の服着た超変な人がストライク取った後にいきなりスローモーションで踊りだすやつ。なんだっけあれ。何とか兄弟の何とかかって映画。なんか金持ちのおじさんの奥さんが誘拐《ゆうかい》されて、その人の足の指が送られてくるって場面があるのだ。それでなんでボウリングなんだか判らないけど、何かで誘拐とボウリングが一緒になって出てくるんだよな…なんだっけ？

あ、ブシェーミ出てたじゃん、あれ。スティーブ・ブシェーミ！私は『コン・エアー』以来スティーブ・ブシェーミの大ファンで、あのヒョロッとした外見と円い目ん玉と、なんかゆるーい口元に胸キュンしっぱなしなのだ。

そうだそうだブシェーミブシェーミブシェーミ…。

コーエン兄弟。

あ！「『未来は今』！」

違ってた。本棚のパンフ見てみたら『未来は今』はティム・ロビンスが出てるやつでブシェーミなんて出てなくて、私が思いついたボウリングと誘拐の映画は『ビッグ・リボウスキ』だった。ブシェーミの友達のだらしない人はジェフ・ブリッジスでムカつくデブはジョン・グッドマンで、ストライクとって踊る変な人はジョン・タトゥーロだった。やべー間違えそうだったけど、判ってよかった。

『ビッグ・リボウスキ』はジョン・グッドマンにムカつきすぎてパンフ買わなかったから持ってない。あ～。買っときゃよかった。でも確かに、あの映画ん中で誘拐が起こって、足の指が切り取られて金持ちのおっさんの家に送られてくるのだ。で、オチはどうなんだっけ？

ジョン・グッドマンがなんか狂言だとか何とか言ってた気がする。

…あれ？あれ結局、誘拐って嘘なんだっけ？

全然オチ憶えてない。

じゃあビデオ屋行って『ビッグ・リボウスキ』借りてきて見よ。うん？そうだ陽治と見よ。陽治といっしょに見りゃ楽しいじゃん。

デートだ。えへ。

いやいやホントえへとか言ってる場合じゃないし。仮にも一回やった男の子が攫われて誘拐だの何だのって話になってるんだからちゃんと考えよう。

でもなんか現実感薄いんだもーん。

と思ってたら陽治からメールが返ってきた。

「今俺もキタとシバと悟《さとる》と一緒に学校サボって佐野探してるんだけど。今どこ？お前にもちょっと話ききたいんだけど」

えーなんだよキタとかシバとか一緒なのか〜と思っていたら手に持ってた携帯がいきなり鳴って、ディスプレイを見ると陽治だった。『ライフ・イズ・ビューティフル』の着メロがパ〜パラパラパラパ〜と流れるのを放っておいて、私は携帯をベッドの上に投げた。友達と一緒にいる陽治に用はない。会うときはちゃんと一対一で空気作んないと。

そのまま放っておいたら『ライフ・イズ・ビューティフル』の着メロ二回くらい丸ごと流れて切れた。そんで私が『未来は今』のパンフ片付けようとしてたらもう一回「パ〜パラパラパラパ〜」と流れたけど、また放っておいたら今度も二回くらい丸ごと流れて切れて、その後はもう鳴らなかった。

私は黙った携帯を取って着信残ってたの消してからトートん中入れて、ブラつけてTシャツ替えてジーンズ穿《は》いて髪まとめてクリップで留めて眼鏡かけて前髪下ろして眉毛《まゆげ》隠してリップだけ塗ってトート持って外に出た。とりあえず一人でもいいから『ビッグ・リボウスキ』観よう。ひょっとしたら映画になんかヒントあるかも知んないし。

ツタヤで借りてきたＤＶＤ観てまたしてもジョン・グッドマンにムカついた。このデブは人の話聞かないで自分で勝手にいろんなこと決め付けてそれが全部ずれてて失敗ばっかりなのにちっとも反省しないからホントマジでムカつくのだ。「帰れバカこのデ～ブ！」。でもドニー役のスティーブ・ブシェーミはやっぱりキュート。最後に訳判んないところで死んじゃうけど、その死に方がブシェーミっぽくてまたいいのだ。

ってそんなことはどうでもよくて、誘拐誘拐。結局映画の中の誘拐事件は偽装で、金持ちのおじさんに送られてきた足の指は誘拐犯の仲間の指で、誘拐犯グループは奥さんを誘拐すらしてなくて誘拐を装《よそお》うためにその仲間の女の人の足の指を切って送ったのだが、金持ちのおじさんはそもそもその奥さんにウンザリしてたからこの際誘拐犯にその奥さん殺してもらおうと思って奥さんのことを心配する振りしてＬＡで一番だらしなさそうなジェフ・ブリッジスを雇ってこの男に任せておけば誘拐犯を怒らせるだろうと踏んで現金の受け渡しを頼むのだけど、そこにジョン・グッドマンが割り込んできて話がハチャメチャになって誘拐犯も金持ちのおじさんも私も揃《そろ》ってムカーッときたのだった。

さてこの映画を自分の部屋のテレビで観終わって私は考えた。やっぱり指切られて送られてきてた。この映画のストーリーって佐野の誘拐事件に応用できんのかな？

ポイントは誘拐の偽装だろう。

パターンは二つ。一つはジョン・グッドマンのバカが考えたみたいに、誘拐されたと見せかけてる人間による自作自演。つまり佐野がジサクジエーンやらかしてるって場合。でもこの場合、自分の誘拐でっちあげたとして、問題んなるのはやっぱり足の指。ジョン・グッドマンは奥さんが自分の足の指自分で切って送ってきたんだとかありえないこと言ってたけど、アホな佐野だってさすがに自分の指は切れないだろう。ということは佐野は別の誰かの足の指切って送ってきたことになる。誰の指切ったんだろう？

つーか足の指切られて怒らない人いないだろうから、足の指切る前か切った後にその人と佐野は超喧嘩《けんか》したに違いない。喧嘩じゃすまないだろ。じゃあ佐野はその人を殺して足の指切って送ってきたのかな？そうなると佐野はなんちゃって誘拐だけじゃなくて人殺しまでしてることになる。うん？じゃあそれは逆なのかな。なんちゃって誘拐やるために人を殺す人はいないでしょ。佐野がその人を殺しちゃって、それから偽装誘拐をやることにしたって方が考えやすいよね。何で偽装誘拐なんかやることにしたかって言うと、そりゃ人殺しちゃったから逃げるためだろうな。

そうか！偽装誘拐で自分が攫われたことにすれば、身代金《みのしろきん》を手に入れて逃亡生活の軍資金手に入れられるし、身代金の受け渡しやったあとに佐野が戻ってこなければ、佐野は犯人に殺されたってことになるだろうから、しばらく経《た》てば皆も佐野を探すのを諦《あきら》めるだろう。そしたら佐野は自分の身代金使って誰も知ってる人のいない土地でこっそり暮らしていけるって訳じゃん。こっそり暮らすのに嫌気が差したら誘拐犯から逃げてきたってことで家族んところ帰ってきたらいい訳だし、嘘《うそ》さえ上手《うま》くつけりゃバッチシじゃん？あ！そんで誘拐犯を、佐野が自分で殺した相手ってことにしとけば、さらにグーなんじゃん。グーだよグー。すげー。なんかぴったり筋書きが出来たっぽくない？

いやいや待て。落ち着けアイコ。佐野の殺人&自作自演誘拐説はとりあえず今置いといて、もう一パターンも考えておこう。

もう一パターンってのは、『ビッグ・リボウスキ』の真相と同じで、佐野は突然姿を消しているだけで、その状況を誘拐事件に仕立てて身代金を巻き上げようとしてる誰かが他にいるって場合。その誰かってのは誰だろう？

知らん。

私は佐野の身の回りの人間関係なんてよく知らない。でも名前はわかんないけど、とにかく佐野がいきなり姿を消したことと、そのましばらく家には帰らないってことを知ってる人間じゃなきゃ駄目だ。

佐野の友達？

ふうん。佐野は結構、なんか知らないけど男にも女にも友達多かったから、容疑者はたくさんいることになる。考えるの面倒臭い。

じゃ、ここでもやっぱり問題んなる、足の指について考えよう。この場合、足の指、どっから調達してくるんだろう？

じゃあさっきと同じように考えよう。足の指なんて誰もはいどうぞって感じで切らしてくれる訳ないんだから、その足の指の持ち主はその誘拐犯でっち上げグループと喧嘩したに違いない。そんで殺されたかもしれない。殺人事件に発展。でもなんちゃって誘拐をでっち上げるために殺人なんてする訳ないんだから、逆にして、殺人しちゃった人間が逃走資金を手に入れるために誘拐事件をでっち上げたとする。ふん。うん？

佐野の友達の誰かが別の誰か殺したんだったら、その子助けるために佐野が協力して誘拐事件をでっち上げてるってのはアリかもしれない。佐野なんてバカだから「じゃー俺が誘拐されたってことにしてウチの親から身代金もらおうぜ。それ使ってお前逃げろよ」くらいその子らに言いかねない気がする。

うんうん。それはかなり言いかねない気がするじゃ〜ん！

じゃあ佐野はやっぱり自作自演やって誘拐事件作って隠れてて、その間に身代金を手に入れてからその友達を逃がして、それから犯人から解放されたって感じで家に帰ってべらべら適当な嘘つければそんで終わり。ふんふんふんふん。いいじゃんそれで。これもいけるじゃん！

って両方いけてどうする。

いやいや両方いけないよりはいいのかな。よく判んないけど、とにかく誘拐がでっち上げってのは、結構筋が通るなあ。でもその場合、どっちにしても人殺しが先行するって感じだけど。

う〜ん。

でも私、足の指なんてなかなか自分では切らないってことで話進めちゃってるけど、ホントにそうなのかな。一千万円もらえるんだったら、誰か自分の足の指一本切らないかな？

む〜。私だったら切っちゃうかもね。時と場合によっちゃ。足の指一本持ってても一千万円稼げないもんね。私はやんないけど、もし売りとか援交とかやったとしても一回で数万円でしょ？一千万円稼ぐには何百回も売んなきゃ駄目じゃん。そんなの大変すぎるから、お金欲しけりゃ足の指一本犠牲にしたほうが楽かもね。で、脅迫状書いて足の指と一緒に送って身代金もらって、それから家に帰ればお疲れさんって感じじゃん。

うん？あれ？

ひょっとして、送った足の指、もしウチの人がちゃんと冷凍保存してくれてたら、さっさと身代金もらってすぐにウチ帰って指持って病院行けば、またつけてもらえるんじゃん？

だとしたらちょっと一瞬痛い思いするけど身代金せしめられて、結局は何も失わないじゃん！

お〜ナイス！それなら足の指切るときの痛みくらい我慢しちゃうかもね。一千万一千万〜とか唱えながら。うん。時と場合によれば我慢できる。つーか今でもできそう。一千万円とかもらったらいろんなもん買えるもんね。

それから三十分くらい、あ～一千万あったら何買うかな～とか考えながら、カタログでも見るみたいな気分で本棚から「オリーブ」とか「スプリング」とか雑誌取り出して広げて読んでしまった。

そんなことしてる間に陽治がウチに来た。

5

第一声が「お、なんだよ暇そーじゃん」で、次が「お前さー、なんで斎藤さん怪我《けが》させたりする訳？」だった。「それも顔だし。クラス一美人な人の顔ボコボコにしてどーすんだって」と言って笑う陽治は、まあちょっとホントにマキみたいな綺麗《きれい》な子を苛《いじ》めんな～みたいな気分もあるんだろうけど、私を本気で責めている訳ではない。私があの時トイレでシメられていたことはもちろん勘付いているから、そんなふうにマキをかばうようなことを言って笑って全部冗談に流してしまおうぜ～みたいな感じでちゃかして私を慰めてくれているのだ。優しい。それにシャイなんだよね。保健室まで送ってくれた後に「斎藤さん斎藤さん」言いながらトイレの方に戻っていったのは、私を置いてけぼりにしたんじゃなくて、トイレなんかに呼び出されてシメられてマキみたいなビッグな子怪我させちゃってこれから学校生活やばいんじゃん？って感じの私の可哀想《かわいそう》な状況に対してそのまんま同情するのはなんか私をいよいよ可哀想にさせそうだし慰めるための言葉なんか恥ずかしいから避けて、これもまた冗談みたく流しちゃうためにわざと「斎藤さん斎藤さん」言って笑いながらその場を去ったのだ。…というふうことに私はしている。とにかく、少なくともあの時、「大丈夫？」とか「元気出せよ」とか「気にすんなって」とか言われるよりはずっとずっと良かったんだ。あの時はああして放っておかれた方が、マジで、ずっと。

とは言えやっぱり言葉の上だけでもマキの肩を持つのはムカつくので私は玄関の上がり口で靴脱ぐとこに立ってる陽治の肩をキックした。円を描いてムチのようにしなるお兄ちゃん譲りのアイコキック。Tシャツの袖《そで》から出てる左腕に私の裸足の足がチバーンと当たって陽治が「あだー！」と言ってしゃがんだ。ふん。ばーか。死ね。いや死んだら困るけど。

「暴力者〜」

「うっさい」

「くっ。神様、どうかこの愚かな暴力女に平和と非暴力の教えをたまわりますように」

「祈れ祈れクリスチャン。ふふ。神はもう死んでいる」

「あれ、お前なんで『北斗の拳《けん》』知ってんの？」

「え？　お兄ちゃん前読んでたから」

「ああそっか。そんなんどうでもいいから、ちょっといい？今おウチの人いんの？」

「いないよ～」

「じゃー外行こーぜ」

「いーよ別に。ウチ上がんなよ」

「あ～。やっぱ外行こうぜ」

「はいはい。あれ、キタとかシバは？」

「帰った」

ああ、一人で来たから私の家に上がりたくないのか。私と二人きりになりたくないのか。チャンスなのになあ。いや、チャンスなのは私にとってか。

「あっ」ととりあえず私は言った。

「何？」

何が？えーと。「忘れ物しちゃった。取ってくるからちょっと上がって待ってて」

「いーよ、ここで待ってるよ」

「でも時間かかるかも知んないし。つーかかかるし」

「いーよ、取ってこいよ」

「なんか美味《おい》しいもん出すからさあ、上がって待っててよ」

「いらない。忘れもん、取ってきたら？待ってるから、気にしなくていーよ」うー。バカ。「じゃあちょっと待ってて」と言って私忘れ物なんてないのに忘れ物取りに行くふりして階段上がって二階行く。二階上がって立ち止まって、私は玄関の陽治の気配強く感じてあ～陽治がウチにいるよ～と思う。どうしようどうしようこれって千載一遇《せんざいいちぐう》のチャンスじゃん？何とかしてウチん中上げて二階まで通して私の部屋まで連れ込みたい。どうしよう。忘れ物取りに行くとか言ってこれからどうやって展開させたらウマいこと私は陽治とベッドに倒れこむことができるんだろう？って頭ぐるぐる回しながら私は部屋行ってドア閉めてまだまだぐるぐる考えながらとりあえず部屋を片す。雑誌とか超いっぱい出てるし空き缶とか飲みかけのペットボトルとかあるしベッドの上脱いだシャツとかスウェットとかそのまんまだしやべーこれ綺麗にしてたら時間たんないよ。駄目だ。ここには陽治は連れ込めない。とりあえず今日は無理だ。じゃ、ホテルだな。

　私の財布ん中今確か六千円くらい入ってるはず。まだ昼だからサービスタイムでホテル代くらいならでそう。女の子がホテル代奢《おご》るなんて変かも知んないけど陽治にならどんなお金も出しちゃうアイコなのだ。

　よっしゃ。私はジーンズ脱いでパンツをトリンプのこないだ買った可愛《かわい》い新作のやつに換える。ブラもおソロのやつに換える。腋毛《わきげ》とハミ毛チェックして眉毛《まゆげ》確認して髪押さえてジーンズとシャツ着なおしてバッチだ。う。なんかすげー緊張してきた。陽治とのエッチに妙にリアリティ出てきた。私のあそこもすでにちょっと濡《ぬ》れてきたくさい。

いやいやまだまだ早い早い。落ち着けアイコ。勝負はこれからだぞう。引っ込めあそこの愛の液。

引っ込みません。もっかいパンツ換える？

換えても無駄だ。それにこれがやっぱり一番可愛いし。

私は財布とハンカチと携帯と鏡とお化粧ポーチをポシェットに入れて肩にかけて部屋出て下降りて玄関に戻る。陽治の姿がない。私は靴履いて外に出る。するとドアの向こうの門のさらに向こうの通りを渡って斜め向かいの電信柱の下に陽治がそっぽ向いて立ってる。気を利《き》かせてるつもりなんだろう。誰もいない家の玄関の中に一人でぽつんと立っていても怪しいし、女の子のいる家の玄関の外にぽつんと立っていても近所の眼があるしって訳だ。つーかじゃあ家ん中さらっと入ってきたら良かったのに。いやあの部屋にはさらっとはいれられないけど。

私は玄関に鍵《かぎ》だけかけて門を出て通りを渡って陽治のところに行く。この短い接近の時間、私の胸はワクワクとドギマギにギウゥゥとねじられてキレたり潰《つぶ》されたり爆発したりしそうで怖いくらいだ。

「おまたせー」

「別に。この辺に公園てあったっけ」

「あるよ〜。ちょっと行ったとこに、児童公園」

「じゃそこ行こう」

私は陽治と並んで歩き出す。ウチの前の道、陽治とこうやって二人で歩いてるなんて嘘《うそ》みたい。ぐへ〜。なんか上手《うま》く喋《しゃべ》れないよ。

「何してた？」

え？今？パンツ換えてたんだけど。「いつのこと？」

「え、いや、今日。あ、忘れもん、あった？」

「うん。あった。今日はねー、なんか色々、考え事してた。つーかボーっとしてただけだけど」

「お前、大丈夫？あんまいろんなこと気にすんなよ」

「何が？」。え？なんも別に気にしてないよ。

「いや、佐野とか、斎藤のこととか」

ああ。「全然気にしてないよ〜」。や、ホント全然。私が考えてたのは、ほとんど陽治のことばっかりなんだよ。

「おいおい。まあいいんだけど」

「あ、でも佐野の誘拐《ゆうかい》のことはちょっと考えたけど」

「うん」

「じゃあさー陽治、佐野の事件のこと、どう思う？」

「え？うーん。どこに連れ去られたんだろうな。俺も動機のある奴《やつ》とか、いろんなこと考えてみたんだけど、よくわかんねーよ」

動機って理由のことでしょ。誘拐の理由なんて金じゃん。金欲しー奴はたくさんいるじゃん。つーか欲しい奴しかいないっしょ。私も欲しい。今はまだやんないけど、ホントに欲しくなったら私だって自分の足の指の一本くらいさくっと切ってみせる。

私は思い出して私の考えを陽治に話してみる。佐野か他の誰かの自作自演誘拐。陽治は私の右隣を歩きながら黙って聞いている。私たちが児童公園に辿《たど》り着くのと同時くらいに私は私の考えを喋り終える。

「なんか、結構それっぽい感じじゃない？」と私が訊《き》くと、陽治は「う〜ん」と言う。

「どうだろうな。ちょっと待ってね。…う〜ん…。でも、お前の考えだと、おかしいところいくつかあるよ」

　え、嘘。「何？」

「まずさ、送られてきた足の指、ビニールに包まれてただけだったから、ウチの人が見つけたころにはもうだいぶ時間が経《た》ってて、肉、腐り始めてたってさ。だから足の指、手術してもくっつけられないよ。足の指、後からくっつけるつもりだったら、最初っから冷凍しておいて、クール宅急便とかで送ってくるだろ」

　あ、そうだ。そりゃそうだ。私がもし私の指を切ったとしたら、さらにもう少し丁重に扱うだろう。何しろ自分の指だ。しばしの別れとは言え、ぞんざいな扱いをしたりはしない。やっぱり宅急便とか不安だから、自分の手で自分の足の指氷を詰めて丁寧に包んで可愛い箱に入れて、それ自分でちゃんと届けて目立つところに置いてから、すぐに発見してもらえるようピンポンダッシュするだろう。自分の足の指のためならそれくらいの手間やっぱかける。

「それに金の受け渡し、どんだけ時間かかるか判《わか》んねーだろ。足の指あとからくっつけるつもりなら急がなきゃなんねーだろうけど、それでも丸一日以上はかかるだろ。その間に足の指、駄目んなるんじゃゃん？切り落として冷凍してる指の方じゃなくて、切られた足の方」

シャピーン。まあね〜。

「それだけでかなりお前の考え、ずれてることになるけど、もうちょっと言えば、佐野の家、金持ちっぽい感じだけど、でもホントは一千万なんて金、ないらしいよ。作るとしたら最後には家売んなきゃなんないらしい。つーことは佐野がせっかく自作自演で身代金自分の親からせしめても、帰る家がないんじゃどうしようもないし、それ、自分でも判ってるだろ。身代金の受け渡し終わって佐野が帰んなかったら自作自演速攻疑われて追っかけられるだろうし」

「陽治、何でそんなこと知ってんの」

「え、何が？」

「佐野のウチにお金ないとか」

「あ、それさ、ホームページに出てたよ」

「は？」

「知らない？佐野がホームページ持ってて、そこにさ、佐野のお父さんとかお母さんが、誘拐のこと書いてんの。凄《すご》い騒ぎんなってるよ。そこでさ、身代金《みのしろきん》のカンパやってるし。佐野の家の全財産でもあと二百万くらい足りないって。あと三日くらいで一千万揃《そろ》わなかったら家売るしかないんだって、ばっちり書いてるよ」

「へー」。恥も外聞もないね。でも、そりゃそうか。息子が誘拐されてんだもんね。

「一百万、貯《た》まった？」

「全然貯まってないくさい。皆ネタだと思っててんじゃない？」

そりゃホームページにそんなことがいきなり載っててりゃねえ。「ふうん」

「昨日の夜かな、《天の声》からもリンク張られて、そっから飛んできた奴らがBBSに訳わかんねー書き込みしてて、もうなんかムチャクチャんなってる。やべーよあれ。お父さんお母さんの頑張り、超無駄んなってる」

当たり前だ。ネットの世界なんかにホントのことを書くのが間違ってるのだ。ホントの願い事なんて、ネットの世界なんかには絶対に書いちゃ駄目なのだ。無駄に終わって当たり前なのだ。

架空の世界に突っ込んだ願い事なんて絶対に叶《かな》わない。

可哀想、佐野のお父さんとお母さん…の願い事。

願われたのに叶わないことが決定されてて、それでも願われてて。

「家売るしかないね、そりゃ」

「お前、そういうこと軽々しく言うなよな。人が住んでる家なんだからさ」

「どんなふうに言っても、状況変わんないよ。状況変えようと思ったら、やり方変えなきゃ。それか、なんか別のことが起こるとか」

「うん。まあ、だから佐野、見つけてやろうと思って。それが一番早いだろ？」

「うん」。でもそれが一番難しそうだけど。だって自作自演関係なかったら佐野はホントに誘拐されてて身代金も本気で要求されてて犯人は佐野の足の指実際に切って実際に届けちゃうような奴なんでしょ？こわ。やばいじゃんそんなの。あぶねーじゃん。

「陽治、あんま訳わかんないとこに首突っ込むのやめなよ。危ないから」

「大丈夫だよ一人じゃねーし」

「じゃあ皆に任せときゃいいじゃん。陽治だけ抜けて別のことやんなよ」

「んな訳にいかねーよバカ」

佐野ってそんな人気あったの？陽治と佐野ってそんな仲良かったっけ？

「陽治、別に佐野といつも一緒にいるって感じじゃなかったじゃん」と言って私は児童公園のなんか動物の形した乗り物の上に座る。バネでそのピンクの熊みたいな生き物が揺れて私も揺れる。

「友達かどうかは関係ねーの。手が届きそうなところで誰か困ってたら、普通手、貸すだろ。エチオピアの難民助けるためとかには俺、汗かく気になんねーけど、同じクラスの奴が誘拐されてなんか酷《ひど》い目にあってるんなら、俺、心配するし、なんか動くよ。普通じゃん？」

正直な物言いだね陽治。なかなか人が言わないことだけど、ホントのこと。人の親切心にも同情心にも、その人なりの限界・境界があるってこと。誰かが物凄い苦痛を感じてのた打ち回っていても、それが遠い場所の出来事だったり現実感薄い感じだったりしたら、人はちょっと手を差し伸べたり、一歩歩いたり、チラッと見ることすら億劫《おっくう》で、しないということ。そんなことありふれてて当然で普通のことだけど、誰もなかなか言わない。面倒臭いと同情心はいつもいろんなところで綱引きをやってるってこと。

ま、人はやれること、っつーか、やりたいことしかやれない。

でも違うんだよなー。私が求める陽治ってのは、同じクラスの二崎とか浦安とか佐野とかばっかりじゃなくて、エチオピアの難民も月の裏で凍えるウサギも別の時空で道に迷った宇宙人も余裕で助けに行ってちゃんと助けちゃうヒーローなんだよなー。

ってそんな人間ありえないし。そんな奴、いるはずないし。いたら怖いし。いても、そんな奴、ヒーローである自分って自己像を守るために必死んなってるだけだし。そんな奴よりは、ただひたすら正直な陽治の方が可愛くていいじゃん？

でも自意識守るとかつまんない目的のためでも、いかにも偽善者っぽい感じがしたとしても、それでもやっぱりエチオピアの難民、月の裏のウサギ、別の時空の宇宙人たちを助けてあげて欲しいっぽい。そっちの方がやっぱりいいような気がするっぽい。自意識とか自己像なんて誰にでもあるんだから、そんなこと問題にする必要ないっぽい。

でもエチオピアの難民やら月の裏のウサギやら別の時空の宇宙人のレスキューなんて、ホントのヒーローに任せておけばいいんだ。私にも陽治にも他のほとんどの人にも、ヒーロー以外の人間には、現実的な人生、生活、ライフってもんがあるんだ。そういうもの背負ってる人間においては、やっぱり同情心と面倒臭いが綱引きやることになるんだ。「かわいそー」と「だる〜」がいつも戦ってるんだ。それで普通なんだ。

陽治はこのままでいい。このままでいい。

でも陽治にもヒーローになって欲しい。陽治の同情心はちゃんと面倒臭いに勝って欲しい。陽治の貴重な「かわいそー」がだらしないつまらない「だる〜」なんかに負けて欲しくない。陽治がエチオピアやら月の裏やら別の時空に走って行くなら私はすっごく丸ごと全力で応援するし、永遠にいかなる場合でも陽治を肯定し、愛しつづけるのに。

いやいや私は今のままの陽治で十分愛して肯定して応援するから。

う〜。

黙りこんだ私の隣で陽治も、ペンキがはげてか落ちて斑点《はんてん》模様を複雑にした黄色いキリンの背中に座ってギッタンバッコン前後に動いている。陽治はきっと、自分が今ムチャクチャ正直に物を言ったことに気づいてちょっと恥ずかしがっているんだろうし、ちょっと正直すぎて、言うべきじゃないようなことまで言ってしまったことをぼんやり反省してるんだろうし、何となく、私が次の言葉を発するまでは何も言えないぞって感じで、私の様子を見ながら慎重に警戒してるんだろう。

何か言ってあげなきゃ。

なんか面倒臭い。

出た。これが同情心と面倒臭いの綱引きだ。

つーか私の同情心は弱すぎる。好きな男の子に対しても、面倒臭いが圧勝しそうになる。そりゃやばい。やばすぎるでしょ。

あ〜。

「でさ、陽治」。何て言ってあげればいいの？「佐野、見つかりそう？」。ってこんなんでいいの？

「わかんねー。でもクラスの奴が誰も佐野のこと、誘拐あった日に見てないことは判った。お前がラストくさいよ、佐野と会ったの」

「誰かが嘘ついてるかも知んないじゃん」

「まーね」

私が佐野をラストに見た。そんで何？「陽治も私のこと疑うの？」

「は？まさか。何でお前が佐野誘拐したりすんだよ」

「しないよ。するはずないじゃん」

「だろ。だったら疑う必要ないっしょ」

「じゃあ私が最後に佐野見たとかわざわざ言わないで」

「意味ないよ、そんなの。事実を言っただけだよ。別に他の意味こめてない」

「でも聞きたくないの。いいからもう言わないで」

「判ったよ。でもさ、ちょっと訊きたいんだけど、いい？」

「何？」

「あのさ、お前のこと好きな男って、お前知ってる？」

「はあっ？」。なんか、頭ボカーン！と後ろから思いっきり殴られたみたい。「何で？」。息つまる。

「お前と佐野がラブホ行ったことで、お前のこと好きな奴が、佐野に嫉妬《しっと》して、佐野ラチったって可能性もなくはないだろ。もちろん逆もあるだろうけど」

「何それ。ありえないよ」

「ありえなくはないだろ」

「ありえないよ。私のこと好きな奴なんて、いないもん」

「いないかどうかは判らないだろ。でも、そうか、とにかくお前は知らないんだな、そういう奴」

「知らないよ」。バカ。死ね。陽治なんか今ここで死ね。消えて失せろ。なくなれ。ぜんぶなかったことになれ。存在した証拠も記憶も全部全部なくなれ。

「そっか。変なこと訊いて悪かったな」

悪いと思ったら謝れ。

「ごめんな」

謝ってるし。それから、ごめんと言ってそっぽを向いた陽治の横顔を見て、私はトリンプの可愛いブラとパンツが一気に意味なし出番なしになったことを悟った。せっかく着替えたのに。ホント可愛《かわい》いのに。お尻《しり》のレースがちょっと透けててチラリズムなのに。

いらない。もう陽治なんていらない。陽治とセックスなんてもう別にしたくない。

知らない。どうでもいい。もう陽治帰れ。ホント消えてなくなれ。うざい。最悪だ。無意味無意味。無駄無駄無駄。ホントマジで死ね陽治。

私もう帰る、と言って立ち上がってそのまま陽治の顔も見ないで立ち去りたいんだけど、うん、あっそうと言われてあっさり見送られるのが怖くて私は立ち上がれない。陽治の顔も見ることができない。バーカバーカ陽治死ね死ねって気分と、もう何でなの陽治?何で私が佐野とラブホ行ったの知っててそんな普通な訳?何でそんなこと普通に私に言える訳?何で私のこと好きな奴《やつ》知ってるかなんて私に訊く訳?つーか陽治はどうなの?ってそんな変な質問するんだから全然好きとかじゃないんだ絶対ー!って気持ちが一緒くたになってグチャグチャ頭の中でこんがらがってる。そんで金縛りみたいになって動けなくて陽治の隣に座ったままで、私すごいミジメじゃない?

やべー泣きそうだ。泣きかけだ。半泣きだ。ううう、目が熱い。私はうつむいて歯を食いしばってピンクの変な揺れる熊の下の地面をじっと見つめる。目を瞑《つぶ》ると涙こぼれそうだ。息もできない。体の一部分でも不用意に動かすと堤防が決壊しそうだ。心臓の鼓動ですら危うい。やばい。ドキドキが聞こえてきて、こめかみが脈打って、その振動に負けて私はとうとう泣き始めてしまう。うつむけた顔の両脇《わき》に垂れた私の髪が私の涙を隠してくれているけど、でもこんなのいつまでも隠しておけない。すぐばれる。走って帰るか。でも家までの数十メートルがなんだか物凄《ものすご》く遠い。て言うか今は体が固まって立ち上がることもできない。涙が流れることは防げなかったけど、鼻をすすったりしゃっくりしたりすることはせめて防いでおきたい。今ちょっとでも体を動かすと「ううっ」とか「えへっ、くっ」とか恥ずかしい声が出そうだ。

つーかじっとしててもそろそろ出そうだ。

あーやばいやばい。もう駄目だ駄目だ。我慢できない。ホントに泣きそうだ。泣いたら本格的にワンワン泣きそうだ。だって悲しいんだもん。泣きたいんだもん。恥ずかしいとか言ってられなくなってきた。鼻水もしゃっくりももうすぐそこまで来てて私の首から上を一斉に攻撃している。握り締めた手の感覚もなくなってきた。

で、やばいやばいやばいやばいやばい爆発寸前だよもう駄目だうわ～んって時に、陽治が「なんだあれ」と言って横で立ち上がってそのまま立ち去る気配がある。ラッキー。いやラッキーなんだかどうだか。私は溜《た》めに溜め込んでいた息をかっと吐いてえぐっと変な息の吸い方をする。それからみっともない声を立てる。

「ひ～ん…、く、ふ、ええ～、ぐっ。ふう、うえ～」

そのカッチョ悪い声がだんだん大きくなる。もう制御不能だ。泣きたいから泣く。それでいいじゃないかって気がする。胸が潰《つぶ》れそうなほど悲しいんだから好きに泣かせていただきますよ誰がなんと言おうとって気になる。

それで「ぬえ〜」とか言って、さらに最悪な声を立て始めたとき、私の斜め向こうのちょっと離れたところから、陽治の、「ちょっとあんたら、こんなところで何してんの?」って声が聞こえる。

バ〜カ、陽治。バ〜カ。私が泣いてるのに、あんた全然気づいてないでしょ。私が泣いてる声とか、全然聞こえてないでしょ。バ〜カバ〜カ。死ね陽治。死ね。

「あんたらちょっと、やめろってば。場所考えれよ。警察呼ぶよ」

陽治の声がどんどん険しくなっていって、私は泣き顔を上げる。陽治に見られても構わない。見なきゃ陽治も私が泣いてるのに気づかない。パフォーマンスチックな涙が一気にでビックリする。泣いてるのも途中で止まる。

引っ込む。

陽治がぷりぷり怒ってるのも無理なくて、私が座ってる動物の乗り物の正面、十メートルくらい離れたブランコの隣のベンチで、男の人と女の人が、それぞれズボンを下ろしてスカートを捲《まく》り上げて、正面から腰をくっつけ合っている。明らかにやってる。絶対やってる。男の人も女の人もお互いの相手に腰を擦りつけてる。陽治が怒っているのにも構わず、男の人も女の人も、公園のベンチの上で、昼間っから、服着たまんまでセックスしてる。でもそれは変態のお遊びなんかじゃないのが一目で判《わか》る。そのおじさんとおばさんは、抱き合いながら入れて入れられて動いて動いて、そうしながら泣いているからだ。その涙は私の涙とは違う。私みたいに何かを訴えたくて泣いてるのとは違う。そのおじさんおばさんの涙はつい流れてしまっているものだからだ。別に泣きたくなんてないのに何だか知らないうちに泣いてしまってるものだからだ。私にはそれが判った。私の涙は偽物《にせもの》で、向こうの涙は本物だということを。私がたった今、その嘘《うそ》の涙を流しているからこそ、本物を見分けられたんだろう。

つーかどうして昼間の公園のベンチなんかでやってるエッチと、やりながら泣いてる涙が本物だったりしたんだろう？公園なんかでなんか派手にやるときは、もうちょっと演劇的だったりするはずなのに、私はそのおじさんとおばさんのセックスと涙が偽物には見えなかった。何かのアピールやらパフォーマンスやらには見えなかった。私には即座に判った。二人は泣かずにいられないから泣いているのだ。やらずにいられないからやってるんだ。そうだ。そうでなかったら陽治がつかつか近寄ってきてやめろやめろと言うのに腰を振りつづけてさらに泣いてたりしない。

私の嘘の涙はあっという間に引っ込んで消えてなくなってちょっと目をこすったついでにほっぺも乾いてしまう。

「だからやめろっつってんの、あんたら。ねえ、警察マジで呼ぶよ」と言って陽治が携帯を取り出している。私はピンクの熊から立ち上がって陽治のところに行く。

「ううっ、ううっ、ううっ」とうめきながらおじさんはおばさんに腰を擦りつけているし、おばさんは陽治に「呼びなさい、よ。好きに、しなさいよ。いいから。呼んでいいから」と言っていて、まくれたスカートと下ろしたズボンの間に二人の擦り合わせている腰とぼうぼうの陰毛が見えていて、グッチョグッチョチャッポチャッポというエッチな音が聞こえている。生々しい切なさに私の胸がまた別の形で苦しくなる。

「つーかマジで警察呼ぶから」と言って陽治が携帯のボタンを押し始めたので、私は後ろからそれを奪う。

「なんだよ、返せよカツラ。こんなの子供が来て見られたらやべーだろ」

私は携帯を陽治に返さない。私はおじさんとおばさんの泣いている顔とつながっている腰を交互に見つめる。

「携帯返せってカツラ」と陽治がまた言うけど、私は返さない。

おじさんの名前は吉羽孝明。おばさんの名前は吉羽沙耶香《さやか》。おじさんとおばさんの息子は三人いて名前は真一、浩二、雄三。三人は三つ子ちゃんで、グルグル魔人に殺されて首と両手両足を切られてバラバラにされて多摩川の河川敷にまとめて捨てられていたのだ。グルグル魔人はまだ捕まっていない。おじさんとおばさんには泣いて公園のベンチでセックスする権利…はないかも知んないけど、もうあと少しの間だけ、好きに泣かせてセックスさせてあげたい気が、私にはした。ホントの涙を流していて、どうしてもそこでセックスせずにはいられないのなら仕方ないだろ、という気が、私にはした。

問答無用でセックスを続けようとする二人に陽治がまた何か言おうとしたとき、「あ、いたいた」と言ってやってきて、ベンチの上の二人見て「うわあ」とか言ってビックリして大げさに飛びのいた変な人が登場して、いや、しぐさとかだけじゃなくて、何か見た感じがすでに変で、ピンクのポロシャツをチノパンの中に突っ込んでナップサック背負っててそのナップサックのファスナーにキティちゃんのマスコットがぶら下がってて、色白で眼鏡かけててその眼鏡を覆《おお》うくらい前髪長くて長いの前髪だけじゃなくて全体的になんか変な帽子でもかぶってるみたいに長くて中途半端で、普段着着てる大木ボンドみたいでキモかった。この公園、ちょっと濃すぎ。

でもその人が現れると、さっきまで腰を振りつづけてセックスせずにはいられない

〜って感じだった奥さんのほうがさっと腰を引いてスカートを下ろしたので、恐らくこの変なサラサラヘヤーの人はこの二人の知り合いだったのだろう。チンチン立ちっぱなしでこっちの方がウギャーって感じの旦那さんのほうはのろのろとズボンを上げて、股間《こかん》をやっとという感じで隠すと、それから無言で歩き去った。「あれ、お邪魔したかな」とそのなんちゃってボンドがモジモジしながら言って笑った。それから「すいません」と奥さんのほうに謝って、公園から走り去った。ナップサックのキティと後ろ髪が、同じ感じで揺れていた。私と陽治もあっけにとられたまんまで無言で奥さんをベンチに残し、公園を去ることにした。

もう何がなんだか訳判んない。

なんか私泣いたんだけど、何で泣いたんだっけ？

まあ嘘の涙の理由なんてどうでもいい。

6

吉羽さんのウチは私のウチから北に少し行って野川に当たったら左に折れて川に沿って歩いて五分くらい行ってからちょっと路地を入ったところにある。ちょっと前までマスコミがたくさん詰め掛けてきていて狭い路地を通せんぼしてしまって車の人やらチャリの人やら近所の人やら野次馬の人やらが結構なんかちっちゃく争ったりして地味にカオスっぽかったらしかったけど、今はもうそんなことない。グルグル魔人が真一くん浩二くん雄三くんを連れ去って殺してバラバラにして、その遺体を束にして川原に捨てたのはもう二ヵ月くらい前だったから、その二ヵ月間に新潟県で通り魔が出てそいつが包丁持ったまま商店街を突っ走って七人殺して五人に怪我《けが》を負わせてそのまま走って山に逃走して山狩りが行なわれて結局緊迫の一週間が過ぎてからやっと犯人の自殺した死体が見つかった…と思ったら、鳥取県で、隣と正面に住む三つの家族が三つ巴《どもえ》の喧嘩《けんか》を十数年も繰り広げた挙句にある晩包丁と鉈《なた》と金属バットとバールが活躍して四人が死んで十二人が怪我をして、実は事件がその三つの家族とは何の血縁もない一人の女によって皆が操られていたせいだったと判《わか》って村中大騒ぎになって逃亡したその黒幕の女追ってテレビ鳥取がアメリカのマスコミみたいにヘリで空中撮影してその映像をライブでお届けして日本全国ムチャクチャ盛り上がったりして、何となく誰も彼もグルグル魔人については忘れてしまっていた。

話戻すと、グルグル魔人は吉羽さんちの三つ子ちゃんを殺すまでの二年間に猫を七匹以上、犬を四匹以上殺して死骸《しがい》のそばに「グルグル魔人参上」って書いた手紙を残してた。「グルグル魔人」を描いたらしい絵も時々あって、それはなんかよく判んない変な渦巻きの絵だった。つーか明らかに酒鬼薔薇聖斗の「バモイドオキ神」やら、何とかという奴《やつ》の「ジャワクトラ神」やらのパクリだった。

他人《ひと》の神様パクんな。

と思ったけど、そもそも宗教なんてパクリばっかなんだった。宗教心そのものもパクリだ。なんか心に穴開いた奴らがあ～やべ～何かに夢中んなりて～ってきょろきょろまわり見て、何かよくわかんないけど一生懸命空やら十字架やら偶像やら拝んでる奴らを見つけてあ、あれ、なんか良さげ～とか思って真似《まね》すんのが結局宗教の根本。布教ってのはそういうぼさっとしてるわりに欲求不満の図々しいバカを見つけてこれをパクって真似してみたらなんとなく死ぬまで間が持ちますよって教えてあげること。

まあそんなふうにパクリでも真似事でも何でも、人の役に立ってたり、少なくとも人に迷惑かけてなかったらなんでもいいけど、猫とか犬とか子供とか殺して、その言い訳に、人からパクった宗教とか主張とかイデオロギーとか使う図々しいバカは死ね。

つーわけでグルグル魔人とか名乗ってる奴も死ね。

大体「グルグル魔人参上」ってことはその犬猫殺した自分がまさしくグルグル魔人なんだろうけど、じゃあその渦巻きの訳判んない絵は何なんだ。自画像か。じゃあ人間じゃねえだろ。でも人間なんだろうから、つまり犯人はグルグル魔人というある種の神とそれに萌《も》えてる馬鹿《ばか》（人間）とがごっちゃになって主体も客体もよく判っていない未分化の子供なんだろう。

ま～た子供か。

最近こういう猟奇的な犯罪起こすのは子供ばっかだ。多分ちょっと流行《はや》ってるんだろう。犯罪にももちろんファッションとかあるんだろうから、なんか殺人とかするときに、こういう殺し方はダサいとかああいう殺人って今なら結構オシャレとかやっぱりこの秋はこの殺害方法でキマリとかあるんだろう。そういうの何となく嗅《か》ぎ分けて、センスのいい人は誰かをカッコよく殺すんだろう。

お兄ちゃんが言ってたけど、昔は人を殺したあとバラバラにして運んで隠したりなんてしなかったらしい。バラバラにするのは処刑とかんときに惨酷な死に方たくさんの人に見せるためだけで、隠蔽《いんぺい》のためにこっそりバラバラにするなんてのはなかったって。でも誰かがバラバラにして小さくして運んで埋めて隠してそれが発覚して、現代のそれっぽい「バラバラ殺人」ができあがってそれが一気に広まった。つまり流行った。

それといっしょで、今は架空の…って架空じゃない神様はいないけど、架空の神様に萌えて誰かを残酷に殺す子供、って殺人がしつこくいけてるんだろう。私はもうそろそろうざい。神様に萌えて人を殺すバカは昔からずっといてすでに食傷気味なのに、そこに「子供」って要素がちょっと混ざったくらいでは新鮮さなんて長持ちしない。もう飽きた。死ねバカ。うぜーよしつけーよどーでもいいよ。誰か早くこのパクリで嬉《うれ》しがってるウンコどっかどけてよ。

と思ってるのは私だけじゃなくて、酒鬼薔薇聖斗んときには萌えてた《天の声》の神様たちも、今回は「グルグルウンコ便所流し」スレ立ててグルグル魔人の情報提供呼びかけてグルグル魔人の知り合いは速攻グルグル魔人ぶっ殺すよう煽《あお》って、誰かによってグルグル魔人の排除がなされたあかつきには《天の声》の神様天使聖霊連合で署名を集めてその勇者の釈放運動を起こして裁判費用を負担するとか言って実際銀行の口座に百万近くの募金が集まっていた。素晴らしい。早く誰か本当にグルグルウンコをトイレにジャジャーッと流して欲しい。何しろマジで、もう誰も彼もが飽きていたんだから。

…で、うぜーよしつけーよどーでもいいよで終わんない奴らが新しい行動を起こし始めてる、と、ぼーっとしたまま公園から帰る途中、私は陽治から教えてもらう。「《天の声》の耳クソらがなんか調布で暴れてるくせえんだよな、最近。キッチン・ハンティングとか言って」。キッチン＝厨房《ちゅうぼう》＝中坊＝中学生。「すげーアホだよ。目に付いた中学生、片っ端から殴ってるらしいよ」

「嘘《うそ》、なんで？」

「あぶり出し、とか言って。マジでアホ。多分いぶり出しの間違い。煙とかで獲物追い出すことね」

「は？判んない。どういう意味？」

「だからさ、中学生全体に、お前ら早くグルグル魔人とっ捕まえて差しださねーと片っ端からいてえ目に遭わすぞーって脅し、かけてんの」

「何それ。だってまだ本当にグルグル魔人が中学生って決まってないじゃん」

「だから《天の声》とか見てる耳クソにそんなもん考える頭ねえんだって」

「シャレんなんないね」

「なんねーよ。なりえねーよ。殴ってんのは喧嘩慣れてる無感覚なバカだし、煽ってんのは喧嘩なんかしたことねーヨワヨワっち君たちだし、殴られてんのは普通の中学生なんだぜ。訳わかんねーよきっと、なんで殴られたんだか、大抵の奴らは。大体さ、《天の声》とか見てる奴らは、この世の皆が《天の声》見てると思ってんだよバカだから。いきなり理由も文脈もつかんでねーまま襲われた奴らの気持ちとか、ぜってー判んねえんだよ。つーかもうすでに調布で結構殴られてるらしいよ」

「ふうん」

「いやもうふうんじゃなくて」

「しょうがないじゃんそんなのもうそういう流れなんだから」

「そういう流れとか言って諦《あきら》めんなって」

「ん、ま、そうだけどさ」

「信じがてーバカばっかだよ。キッチン・ハンティングとかクソみてーなこと言って子供殴ってる奴見かけたら、俺ぜってーキレるよ、その場で」

でも吉羽夫妻の泣きながらのエッチのズタボロの姿を見たあとでは、まあそんなふうに逸《はや》る奴らは確かにバカだけど、放っておいて様子を見ようと思わない？ひょっと

したらバカな試みが功を奏してグルグル魔人捕まるかもと思って私が訊《き》くと、陽治は
「アホかっつの」と言って一蹴《いっしゅう》した。

「ウンコどもが、効果を焦《あせ》りすぎなんだよ。あんなのぜってー単純に自分がむかついてるだけで、むかついてる相手がはっきり定まんないけどとにかく我慢ができなくて、しょうがないから適当な理由つけて手当たり次第に憂《う》さ晴らしてるだけなんだよ。あの耳クソどもはマジでウンコ。あんなやり方でグルグル魔人ぜってー見つからねーよ」

「ふうん」と私はまた言う。

　確かに陽治の言うことは正論だ。でも私としては、どんな心根であったとしても、やり方が間違っているにしても、グルグル魔人みたいなウザウンコを仕留めようとして実際に行動を起こしている人間を、外から非難する気にはなれない。皆が皆で好きにやればいいし、好きに間違えればいい。とにかく何もしない奴よりはマシだ。殴られた中学生はちょっと可哀想《かわいそう》だけど。

　私と陽治は私の家に向かっている。公園を出てしばらくは、二人とも何も喋《しゃべ》んなかった。私はさっきの吉羽夫婦のセックスを途中で止めさせてしまったのは正しかったのかどうかを考えていた。あんだけやりたそうだったんだから、やらせてあげれば良

かったかな？でもやっぱ公園でなんて非常識だし、やめさせて良かったのかな？どっちだろう？本人たちにとってどっちが良かったのかな？私なら、…どっちもどっちだ。セックスしたくてたまらないときにはちゃんとさせて欲しいし、でもあんなセックス、やればやるほど胸が苦しくなりそうだ。

判んない。でも陽治は夫妻のことより、とりあえず公園にくる子供のことを考えて二人を止めようとした。陽治は正しい。でもあの二人のことについて、もうちょっと考えてあげてもいいんじゃない？

と思う私は間違っている。やっぱり人目につくところで、チンポもマンコも丸出しでグチョグチョやったりしちゃ駄目なのだ。子供の教育上に良くない。見る人の精神衛生上にも良くない。特にあんなふうに泣きながら必死でやってる大人を見ると、やってる人たちの悲しみが、誰かの心を傷つけるような気がする。

でもあの二人はやっぱり可哀想だ。悲しい状況の上で悲しみの余りに始めたあの悲しいセックスすら最後までやらせてもらえないなんて。

う〜ん、でも、と私は思う。ちょっと新しいアイデアが浮かんで、それについて考えた。

あの夫婦の間に、三つ子を無惨《むざん》に失ったことで、新しい形の性的関係が生まれたのかな、と。深い悲しみを包み込むような形で。子供の死を前提とするような形で。言葉はやな感じに響くけど、子供の殺害という辛《つら》さを利用するような形で。

人間のリビドーは食欲並に強い、というのはまたしてもお兄ちゃんの考えだが、私もそう思う。人間の性欲は、ときには、子供の死の悲しみに勝る。人間の性欲は、ときには、三つ子ちゃんの死をセックスの高揚のために利用するくらいに強《したた》かなのだ。

最悪だ。

人間の性欲なんて、ホント最悪。

でもその最悪のものから、私たちは生まれてくるんだ。その最悪のものがあるからこそ、私たちは発生するんだ。

下品だなあ。

とか言って、あの二人のあのセックスがそういうことだとはまだ限んないけど、でも、なんとなく。あ〜あ。

私と陽治はしばらく黙り込んで、それから《天の声》の話して、そんで私の家の前まで来て、何となく二人ともすんなり別れられない。

私はもちろん陽治ともっと一緒にいたい。でも今日はもういいやって気がしないでもない。よく判んない。でもじゃあねって言うには、もうちょっとなんか喋っておきたい。

　陽治もどうしてだか判らないけど、私の家からさっさと立ち去ろうとはしない。あの二人のセックスを見て、私が傷ついてないかどうか、心配なのかな？それとも、なんか随分昔の話のような気がするけど、私のこと好きで、嫉妬《しっと》に狂って佐野攫《さら》っちゃうような男子がいないかどうかって話、もうちょっとしたいのかな？それとも他に何か話したいことあんのかな？何にもないけど、何となく私ともう少し一緒にいたいのかな？て、そりゃないか。

　なさそうだ。「ん、じゃあまたな」と陽治は言う。「明日、お前学校どうする？」

「んー。わかんない。陽治は？」

「とりあえず行くよ。もう俺が動ける範囲は大体今日の内に動いちゃったからな」

「なんかあのエッチ、すごかったね」

「え？あ、ああ。うん。すごかった」

　私も陽治とエッチしたい。ああいうすごいんじゃなくて、もっとずっと穏やかなやつがしたい。顔射とか関係なくて、体位もあんまり変えずに、正常位で、お互いを抱き締めて、ゆっくりまったり動いて、ゆるやかにいくようなセックスがしたい。でもそんなこと言えない。とりあえず「ウチ寄ってく？お茶でも出すよ」と言ってみるけど、やっぱり断られる。

「いいよ。俺、そろそろ帰るよ」と言って陽治は手を上げて立ち去ろうとする。陽治は公園の方に戻るような格好になる。駅の方向かうと、あの児童公園の前を通ることになる。

私は笑って「あの公園行ったら、あの二人戻ってきてまたやってないかどうか見といて」と言う。

「やってねーだろ」と陽治は言う。「またやってたら俺警察呼ぶよ多分」

「嘘」

「当たり前じゃん。あんなところであんなことやらせておけねーよ。あの二人、可哀想だけど。ま、いいや、またね」

「うん、じゃーね」

陽治が歩いて遠ざかる後ろ姿を、玄関の前で、ドアを開けずに、私は眺める。親もお兄ちゃんもいない家の前まで陽治が来たけど、エッチはなかった。

なんかやっぱり、惜しいんだか惜しくないんだか。

あの吉羽のおじさんとおばさんのセックスを見たあとで私と陽治がセックスしたとして、私たちはあの二人のセックスを、自分たちのセックスの高揚に利用できるだろうか?あのセックスを見たあとでなくちゃできないセックスを、私と陽治は編み出せるだろうか?それほど私と陽治のリビドーは強靱《きょうじん》だろうか?

それとも私と陽治のリビドーなんて脆弱《ぜいじゃく》で幼稚で不十分で、あのエッチを見たあとにはセックスを試すことに怯《ひる》んじゃうだろうか?実際私たちはセックスというものに近づくことにビビっていて恐れていて、だから陽治はそそくさと帰っちゃったんだろうか?私もビビって萎《な》えて、積極的に陽治を誘おうって気持ちも弱くなったのか?いや陽治の方は単純に私とエッチする気がないだけだって。何言ってんのあんた。

そりゃそーか。

そりゃそーだ。

だってあんた、そもそも、佐野とエッチしたのバレバレなんだよ?陽治みたいな子が、知ってる奴と軽々しいセックスしたの知ってて、あんたなんかとセックスしたいと思う訳ないじゃん。バカじゃん?何期待してんの?

確かに私はバカだ。私は心のどっかで、男の子ってのは相手は誰でもいいからとにかくセックスしたいと考えてて、目の前にマンコがあればチンポがピンポコパンポコ立つもんだ、とか思ってる。

んな訳はないんだ。女の子が相手誰でもいいって訳じゃないように、男の子だって、相手は誰でもいいって訳じゃないんだ。そりゃそうなんだ。少なくとも、一部の女の子と男の子は。

私は結構リビドーに任せてエッチする派だけど、多分陽治は違うんだ。

陽治とエッチするには、何らかの攻略法が必要なんだ。何らかの技が。何らかの戦術が。

あ〜とにかくなんだかがっくり来て、陽治が見えなくなって、ちょっとしてから私は家に入る。虚《むな》しい虚しい。かなり虚しい。

何が虚しいって、結局陽治とエッチどころかチュウすらできなかったことも虚しいけれど、それより何よりいつでもどこでもどこまでいってもどんな場合でも、エッチとかチュウのことしか考えていない自分の存在が一番虚しい。

陽治は違う。

陽治は佐野のことを考えている。陽治は公園にくる子供のことを考えている。陽治は吉羽の夫婦のことを考えている。あの旦那さんと奥さんに対していたわる気持ちがあるからこそ、陽治はあの二人のエッチを止めたんだ。見つかって騒ぎになって二人のそんな姿を余計な人達に見せたりしたくなかった訳だ。そうか、そりゃそうだ。

偉い、陽治。ホント偉い。

私は阿呆《あほ》だ。なんか、考えるべきこと考えない阿呆。

でも考えるべきことなんて、私にはないんじゃない？私が考えても無駄。どーせなんも判んないし。

というふうに諦めて考えないのが一番駄目。偽善である可能性に構わずに人は良い行いをしなきゃいけないのと同じように、人を助けるためには、無駄でもいいからなんか考えないと駄目なのよアイコ！

私はリヴィングのソファの上に寝っ転がってじゃあ佐野の行方とかについていろいろ考えてみようと思って考え始めて五分後くらいには眠ってしまった。

ええ、阿呆ですよ。

7

夢ん中でシャスティンが出てきて私もいて、シャスティンと私は別人だったんだけどシャスティンの顔は私に似てて、でもやっぱり私とシャスティンは別の二人の人間だった。私とシャスティンは多摩川の河川敷の芝生の上に立って二人でサッカーボール捜してた。見つからないうちに夜が近づいてきて辺りに人の気配なくなって焦《あせ》りだしてサッカーボールどこ〜?って感じで私は泣きたくなってきて遠くでシャスティンのシルエットが手を上げて私を呼んでボール見つかったよ〜とか言ってるんだけど私にはそれが嘘《うそ》だとわかる。シャスティンが草むらの中で見つけたのは三つ子ちゃんのバラバラ死体で、シャスティンは私を誘《おび》き寄せてそれを見せて驚かせようって魂胆なのだ。

こっちこっちとシャスティンの影が手招きするけど私は行かない。

私は自分の立っている位置から車道までの距離を測る。もしここからダッシュを始めたとしたら、私はシャスティンに追いつかれずに、車道に出て誰かを捕まえて助けを呼べるだろうか？

ふと目を戻すと暗い草むらの中にシャスティンの影がない。私は暗い河川敷を見回す。シャスティンは消えてしまった。

違う。どこかに隠れて、私に忍び寄ってきているんだ。三つ子の赤ちゃんのバラバラの死体の一部を、きっと手に持って。


ぱっと起きたらハーフパンツ穿《は》いてるお兄ちゃんの素足がまっすぐ伸びて私の腰の上に載っててお兄ちゃんはスポーツ新聞読んでた。夢のせいで私の胸がドキドキいっている。「どけれ～」と言ってうつぶせたまま私はお兄ちゃんの足をどけようとするがお兄ちゃんは足に力を入れてどけさせない。お兄ちゃんは体結構華奢《きゃしゃ》なわりに足だけ筋肉で太い。サッカーやってるからだ。お兄ちゃんのサッカーボール蹴《け》り飛ばすためのごつい足がわたしの上に載ってっから変な夢見たんだよ～と思って「も～何なの～」と言ったけど、そんなのありえなくない？そんな風に夢見られないでしょ。私はまぶたを閉じて眠りつつも腰の上のお兄ちゃんの足からサッカーボールのイメージを感じ取ったって訳？そんなのなんか超能力みたいじゃん。

まあそんなことはどうでもいい。

お兄ちゃんが私のそばでなんか喋《しゃべ》って、私はそれを聞いてお兄ちゃんの声からサッカーを連想して、夢の中でサッカーボールを捜したのかも知れない。

そんなことはどうでもいい。

「お前なんで寝てんだよ。ご飯は？」

「別に用意してないよ」

「お母さんは？」

「今日遅くなるんじゃん？今朝レジ遅番だって言ってたじゃん」

「じゃあ何でお前用意してないんだよ」

「だって寝てたんだもん」

「だから何で寝てたんだって」

「だって眠かったんだもん仕方ないじゃん」

「眠いからって寝るなって」

「眠いから寝るんだよ人は。眠くなかったら寝ないよ」

「そういうことじゃなくて、…もういいや。くだんねーこと言ってないでご飯作ってよ」

「えーめんどくさい。お兄ちゃんやってよ」

と私が言うと、お兄ちゃんはちっとか舌打ちしながらも、私の腰の上から足下ろして立ち上がってキッチンに行く。お兄ちゃんは私に甘いのだ。ありがたや〜。

「何作ってくれんの〜？」

「え〜？」と言いながらお兄ちゃんはジャーの蓋《ふた》を開けて中を覗《のぞ》く。「つーかご飯炊《た》いてないじゃーん。ご飯炊いとけよ、せめて〜」

「ごめ〜ん」と私は一応言っておく。別にお米炊くのは私の役割じゃないんだけど、ご飯作ってもらう手前、ま、謝るくらい軽い軽い。

「パスタでいいっしょ〜？つーか俺、超腹減ったし、ご飯なんて炊いてらんない」

「いいよ〜」

お兄ちゃんは結構料理上手《うま》い。レパートリーが多いんじゃないけど、一つ一つ美味《おい》しいもの作れる。お母さんも昔お料理学校通ってたことがあって、だから料理上手なんだけど、お兄ちゃんはそのお母さんの料理してるの時々見ながらいろんなことパパッと学んじゃったのだ。お兄ちゃんは要領がいい。頭もいい。

お兄ちゃんはまずにんにくの皮をむいて潰《つぶ》して鷹《たか》の爪の種を抜いて刻んで冷凍してあったベーコン取り出してラップとってナスを切って皿に載せてレンジに入れて玉ね

ぎの皮をむいてみじん切りにしてフライパンを火にかけてオリーブオイルたっぷり引いて熱くならないうちににんにくを放り込む。それから鷹の爪とベーコンと玉ねぎを放り込んで炒《いた》めてレンジから柔らかくなったナスを取り出してそれも炒めて最後に缶詰のホールトマトを潰して混ぜて、塩コショウコンソメにちょっと醤油をたらし、砂糖を加えて味にまとまりをつける。それから火を消してそのソースを冷ます。冷ましている間に水を火にかけて沸騰《ふっとう》したらそこにパスタを入れて茹《ゆ》でる。パスタが茹であがりそうになったらもう一度ソースを火にかけて、熱さを取り戻したソースに茹でたてのパスタをお湯から上げて混ぜ込む。で出来上がり。

ソファの上で寝転んだまんまの私はオリーブオイルが温まる匂《にお》いとそこに放り込まれたにんにくが炒められて放つ香ばしい匂いと、具の放り込まれたソースがいったん冷やされる間にトマトソースっぽい風味が緩やかに全体に浸透する匂いをゆっくりと嗅《か》ぐ。やベーマジで美味《うま》そうだ。

つーか私は何度もお兄ちゃんのこのナスとベーコンのトマトソーススパゲッティを食べているので、それが美味しいことが判《わか》ってる。

だはー。

口ん中に涎《よだれ》がたまってたまりませんって感じのときに、家の電話が鳴る。トゥルルルルルルルン。

「おにいちゃーん、電話だよー」

「お前出ろよ」

「駄目～お腹《なか》すいて動けない～」

「何だそりゃ。リヴィングにあるんだからお前が取れよなー」とか言いながらお兄ちゃんがガスの火止めてこっちに来て電話に向かう。甘い甘い。

私は立ち上がってお兄ちゃんと入れ替わりにキッチンに入って食器棚からお皿出してパスタの盛り付けを始める。こういう作業ならやるのだよ。

お兄ちゃんのトマトソースパスタは近づくとなおのこと力強く美味しそうな匂いが立ち上がってくる。多分お兄ちゃんの好みでにんにくの量が多いからだ。これは私の好みでもある。でへ～美味そう。口の中に涎がますますでてくる。料理できる男の人ってやっぱいいよな～と思う。パスタを二つの皿に分けているとお兄ちゃんの声が聞こえてくる。

「嘘、マジで？」

ん？何？

「悲惨だな～。お母さんのほう、大丈夫なのかな」

え？お母さんてウチの？何かあったの？

いやいやウチのお母さんになんかあったらお兄ちゃんも悲惨だな〜とか言ってる場合じゃないだろうし。

じゃあ何？

「お前ら、だからって変な風に動くなよ。…うん。でもあんまり感情的になるなって。…うん。まあな。そりゃ判るけど、…うん。だからそこが違うんだって。関係ない奴《やつ》は本当に、関係ないんだって。…だから、連帯責任とかおかしなこと言うなよ。こういうのって連帯責任とかないんだから。…うん。だから訳わかんねーことで興奮してないで、落ち着いて状況見てろって。もっと違う形で何かできんだろ。…だから、やめとけって。ちょっと、待てってば。…」

なんか中途半端なところで電話が切れちゃったらしくて、手の中の受話器ちょっと見て、それからお兄ちゃんはそれを電話機に戻しながら言う。

「アホじゃん」

何が？

「どうしたの？」

「え？うん」

「誰？」

「友達」

「なんかあったの？何？お母さんのほう大丈夫かって」

「あ？ああ。いやその友達んじゃなくて、吉羽さんとこ。前に事件あったじゃん？あそこ。グルグル魔人」

「は？何どういうこと？どうしたの？」

「うん。なんか可哀想《かわいそう》なんだけど、あそこのお父さん、自殺したらしい」

はあ？

「嘘」

「いや嘘じゃなくて。マジらしい」

「嘘ばっか。だって今日、私、その人遭《あ》ったよ」

「誰」

「そのお父さん」

「マジで？何で？」

「なんか今日、公園行ったら、そこにいたの」

「ホント？一人で？」

「ううん。友達と」

「違う、お前じゃなくて、その、吉羽さん」

「あ、ううん。奥さんと一緒」

「ホント。なんか、どんな感じだった？」

「え？どんな感じって…」。つーか超セックスしてたんだけど。ベンチの上で。でもそんなことお兄ちゃんに言えない。なんか恥ずかしい。

「それいつ？今日の」

「公園行ったの？」

「うん」

「三時すぎかなー」

「へえ」

「それ、でもホントの話？ホントに吉羽さんの旦那さん、自殺しちゃったの？」

「ホントらしいよ。自宅の寝室で、首吊《つ》ってんの見つかったんだってさ」

　いつのこと？今日の昼？夜？

　一人で公園から帰ってった、あの旦那さん。あの人死んだの？

「訳判んない…」

食欲なくなった。もう、ご飯なんか食べらんない。

…というのはそうなるのがその場には適切って感じなだけで、やっぱりパスタ、私は食べる。それなりに美味しい。モグモグやりながらいろいろ考えちゃって十全に美味いとは言えないけど、それでもなんかズルズルムシャムシャ食べちゃうくらいには美味しい。お兄ちゃんも食べる。二人とも何も喋んないけど、テレビがついてるからしんとはしてない。

パスタ食べ終わってダウンタウン見てると、これはさすがにあんまり笑う気になれない。ふん。一般的なことかどうかはわかんないけど、とりあえず私においては、《食欲》>《同情》>《お笑い》らしい。

ダウンタウンの脇《わき》で、お兄ちゃんの携帯が連続で鳴る。全部メールだ。何通もくる。くるたびにお兄ちゃんはニチニチニチニチボタン押して返信してるけどおっつかなくて、書いてる途中にまたメールがきてメール書くの中断させられる。

ＣＭになったから私がまた「どうしたの？」と訊《き》くとお兄ちゃんもまた「何でもない」と言う。何でもない訳ないじゃん。

でまたダウンタウン見てて私がトイレ行って帰ってくると、お兄ちゃんの姿がなくて玄関のほうにゴソゴソ気配がある。玄関を見てみると、お兄ちゃんが靴を履こうとしてるところだ。

「お兄ちゃん、どこ行くの？」

「ちょっと外」

「どこ？」

「友達んところ」

「どうしたの？」

「なんも」

「なんもな訳ないじゃん。どうしたの？友達になんかあったの？」

「いや、そういうんじゃないけど」

「ちゃんと言ってよ」

「うるせーな。放っとけよ」

「んな訳にいかないじゃん。私も心配んなるでしょ。ちゃんと説明しないと私もついてくよ」

「心配すんなって」

「心配なんてするなったって無理だよ。心配なもんは心配だもん」

「いいから」

「じゃーついてくよ私マジで。ホントついてくから悪いけど」

「待てって」

「じゃー言ってよ」

「判った判った。あのさ、俺の友達が今、ちょっとやばいんだよね」

「何で？」

「さっきの電話の奴ら、興奮してて、なんか変な事件起こそうとしてんだよね」

「奴らって何。一人じゃないの？」

「うん」

「皆お兄ちゃんの友達？」

「違うけど」

「事件て何？つーか全体責任て何のこと？」

「よく聞いてんな。あのさ、お前《天の声》って知ってる？」

「うん」

「見てる？」

「時々」

「んなもん見てんなよ。まあいいや。あそこで〈グルグル魔人捕まえれ〉ってスレあんじゃん」

「うん」

「で、そんために中学生殴ったりしてる奴らいるの知ってる？」

「知ってる。え、何？お兄ちゃんの友達、それ？」

「違う違う。殴るの、止めてるほう」

「は？何、どういうこと？」

「だから、キッチン狩りとか言って中学生殴るチームと、そんなのやめれってことで、そのチームの奴らと争ってるチームと、今調布に二種類できてるの。俺の友達は、殴るの止めてるほう。今キッチン狩りやってる奴らが、吉羽さんの自殺のニュース《天の声》で流して仲間煽《あお》ってて、町でいろんな子供捕まえて殴らしてるくさいんだわ。で、俺の友達とかも街に出て、子供殴ってる奴ら捕まえたりして、なんか結構騒ぎになってんの」

バカじゃん。

「やめなよ、そんなところ行くの」

「いや、俺は俺の友達、止めに行くだけだから」

「巻き込まれるよ」

「大丈夫だよ。巻き込まれねーよ」

「つーか、このタイミングで外に出ちゃうことがもう巻き込まれてんだって」

「…いや、でも俺争いには巻き込まれねーよ。うるせーなアイコ。すぐ帰ってくるからウチにいろって」

「駄目だよ。やめなよお兄ちゃん」

「大丈夫だって。ホント、友達だけ押さえ込んで、すぐ帰ってくるから」

「じゃあ私も一緒に行く」

「くんなって」

「行く」

と言って私が玄関に近づくと、お兄ちゃんは突然バッとしゃがんで私の靴を掴《つか》み、私の後ろ、リヴィングの入口のところに放り投げた。

「ちょっと！」

「ウチにいろってアイコ！すぐ帰ってくるから！危ないから外出んなよ！」

そう言ってお兄ちゃんはドアを開けて外に飛び出て、私が自分の靴拾って玄関に戻ってきたころには姿を消してしまっていた。
バカだ。ここにもう一人バカがいる。

8

《天の声》の《神》と《天使》と《聖霊》ってのはその掲示板に書き込む人たちの仮の名前で、好き勝手に自分たちで《神》《天使》《聖霊》を名乗ってるのだが、その《神》や《天使》や《聖霊》たちが大勢こぞって調布に集合して匿名《とくめい》のまんまで暴れまわっている今の状況こそアルマゲドン?と思ってパソコンネットに繋《つな》いで《天の声》開いて見たらまさしく「2003年秋のアルマゲドンin調布」ってスレが立っててて実況中継カキコが始まっていた。「キッチン三人狩ってきました。皮もちゃんと剝《は》ぎました。最近のキッチンは豪奢《ごうしゃ》。二万ごち」「ANTIキッチンハンター宣言!!厨房《ちゅうぼう》どもよ、今こそ反旗をひるがえせ!」「娑婆《しゃば》〜と子羊どもが夢の後。今から七人天使団がイカズチかましまくり」「金とるな。親が出てきて戦火が拡大するぞ」「もう手遅れ」「呪《のろ》いと祟《たた》りの時間です。友達が殺されました。犯人たちよ、これからお前達にこの世で最もおぞましい類《たぐい》の死が訪れるだろう」「全然関係ないウチの母がパルコのそばで殴られました。お前ら人じゃねー」「神です」「天使です」「インモラル天使」「陰毛」「でた『陰毛』。お前の陰毛いただきます～むしゃむしゃ。歯に引っかかった～ぺっぺっぺ」「『陰毛』織田死ね」「婆婆～とラムちゃん走って逃げるの捕まえました。今俺の部屋にいます。スカートめくったらもうすでにパンツはいてません。誰かにすでに捕まって食われてたらしい。このヨゴレ、飼っていいですか?」「狩るだけ。飼うな」「飼育GO!」「冗談だと思って聞いてたらたづくりの前でマジ乱闘始まってた。《神》降臨。《天の声》マジだったんだね。友達が乱入して殴られて泣いてました。これこそさわらぬ神に何とか」「いい勉強になりましたね。明日までにこれについての感想文を原稿用紙に一億枚書いてこのスレに提出」「あ～マジ俺調布行きたい。血が騒ぐ。京王線だよね。自作棍棒《こんぼう》用意出来!」「可愛《かわい》いね。棍棒持って電車乗ったりしたらソッコー警察捕まるぞ、チンポ」「チンポで殴れってこと?じゃあ自作チンポ用意出来!!」「チンポ握って電車に乗っても警察に捕まります」「天然物じゃ駄目ですか」「俺の天然物では長さが足りん。殴れません」「ソーバッド。自作せよ」「タクシー使え」「運ちゃん客引きご苦労様～。(AA)。ノート助手席乗せてんの?」「記念カキコ」「だから記念カキコすんなっつってんだろ!何か発言しろ記念カキコ織田きしょいんだよ!っていう記念カキコはいかがっすか～」「ナシ」「たづくりいってみました。乱闘終わってたらしくて誰もいませんでした。でも…血が落ちてました。

ぎゃ～～～～～～！」「記念カキコ」「カキコの記念」「情況判《わか》らん～。もっと詳しい実況求める～記念カキコ」「実況・監視スレに記念カキコは禁止です。判ったか厨房コラ！てめーも狩っちまうぞ！」「僕は北海道に住む小学生です。狩るなら狩りに来てください」「今空港です。JALの国内便で北海道までの切符購入しました。自作金属バット出来！」「金属バット自作か（AA）北海道広いぞ。頑張れ」「調布駅周辺一キロは警官の巣。散らばれ神！一人たりとも捕まるな～」「これホントにやってんじゃん。アホだ～。世紀末だ」「まだ二十一世紀始まったばっかりだぞ。世紀末って早すぎ」「厨房ども！男の急所はいくつになってもチン坊だ！狙《ねら》え！チン坊ハンティング！」「やめておけ。狙われる神たちがかわいそうだ」「チン坊シャレにならん」「潰《つぶ》されまひた」「潰されまひた」「潰されまひた。今日からオカマちゃんとして一生懸命生きていきます」「記念カキコ」「今なら一億円であなたのチン坊蘇《よみがえ》らせてあげます（URL）」「見物見物～とたづくりいったら無関係なのに友達が逮捕されてしまって今となりで泣いています」「キスをしてあげなさい」「チユウウウ」「さっき捕まえたラムちゃん飼うことにしました。フェラチオ最高」「人でなし」「住所教えろ。俺も飼育参加死体」「住所晒《さら》せ。俺が自作棍棒持ってって…棍棒ファック（AA）」「鬼発見記念カキコ」「馬鹿《ばか》ども！中学生を手当たり次第に車で轢《ひ》くな！マジです。旧甲州街道大騒ぎ。シャレんなんね〜」「俺も見た。女の子の足片方潰れてた。今調布は超危険地帯。放たれたのは神か悪魔か綾辻行人《あやつじゆきと》か！」「誰だ綾辻行人って。つーか記念カキコです」「あ、マジで中学生轢かれてる。ははは」「工房です。厨房に刺されました。厨房殲滅《せんめつ》してください。つーか病院どこだ」「友達が今厨房に刺されてとなりで泣いてます」「男は拳骨《げんこつ》で勝負だろ」「たった今友達とラムちゃんマワしてきました。京王多摩川の駅のそばに放置」「神じゃねー！お前ら鬼だ！」「鬼決定に一票」「二票」「三秒」「ウンコ頭発見。さんぴょうだろ」「ウンコ頭発見ウンコ発見。一票二票ときたら三秒と書く。という常識」「ウンコ頭発見ウンコ発見ウンコ発見」「自作自演止めろ。そもそもウンコ頭発見ネタうぜーんだよ。実況カマン！」「記念カキコ」「今調布を一人出歩いてると警察に超ソッコー職務質問を受けます。生意気な口利《き》くとすぐに殴られます」「記念カキコ」「たづくり誰もいないじゃん〜。って思ってたら、あ、血だ…。ビビった。結婚」「おいおいおいおいおいおい！ようお前らマジで反省しろ！よう多摩川駅にマジで女の子やられてたぞ！警察た〜くさん来てます。マワした馬鹿どもは刑務所入ってきなさい」「どーせ起訴されません。実例↓（ＵＲＬ）」「記念カキコ」「自衛隊出動まだか。今調布、完全に暴動起こってるみたいなもんだよ」「暴動とかいうな。これは単なる祭です」「アルマゲドン!!」…

パトカーとか救急車とかのサイレンが聞こえる。マジで始まってるんだ。アルマゲドンとか茶化して言ってるけど、前に溝《みぞ》ノ口《くち》で起こったアルマゲドンでは三人死んでるし、その前のアルマゲドンでは七人も死んでる。アルマゲドンなんて何回起こったかもうよく判んないけど、必ずと言っていいほど死人が出てる。そりゃそうだ。どっかでアルマゲドンが始まって、喧嘩《けんか》とかしてるのがふざけ半分の普通の中学生とか高校生だけだったら平気なはずだろうけど、ホントはそうじゃない。《天の声》で《アルマゲドン》が告知されると遠くにいる暴走族とかチンピラが現地に集結し始めるし、最近では混乱に乗じてヤクザが足を踏み込んできている。喧嘩の仲裁に入るふりしてわざと殴らせてお金を取ったり、子供煽《あお》ってレイプさせてビデオ撮って子供と被害者とそれぞれの親強請《ゆす》った挙句にビデオ売ってお金稼いだり、子供攫《さら》って短い時間であんま高くない身代金《みのしろきん》要求して受け渡ししてさっさと解放したりして、いろいろ細かく稼いでる。求めるものは、子供だとスリルスリルスリルスリル。大人だと金金金金。《アルマゲドン》に群がるのはこんな奴《やつ》らばっかりだ。最近だと、《アルマゲドン》対策部隊とか言って白いTシャツ着て黒い帽子被《かぶ》ってストリートエンジェルよろしく警棒振り回してる人たちも現れるようになったけど、《天の声》で対策部隊対策部隊ができてまた別の争いが持ち上がるだけで争い事は広がる一方だった。《天の声》管理してる堂ヨハンがとっとと死ねばいいんだ。

いや堂ヨハン死んでも《天の声》なくならないだろうし、《天の声》なくなっても、また別の《天の声》現れるに決まってる。アルマゲドンは終わらないし、どんどん酷《ひど》くなっていく。

ま、私もこれまでアルマゲドン起こるたびに「アホだ〜」とか「しょうもない〜」とか言いながらも何だかんだでチェックしてた人だけど、実際に地元でそれが起こってみると、シャレにならないってのが判る。

気づくのおせーんだよ。

そうなの。遅いの。人間誰しもそうなんだろうけど、実際に自分の身に起こってみないと酷いこととか嫌なこと判んないの。

人間誰しもそうなんだってのは、しかし言い訳にはなんないぞ！

まったくだ。私は反省する。本気で反省する。私はこの反省を活《い》かして今後を生きていかなくてはならない。それより今、このときを何とか乗り越えなければならない。お兄ちゃんが外に出て行ってしまった。アルマゲドンの中心地は、《天の声》でチェックする限りではまだ駅の周辺らしい。私のウチは野川のそばで、駅からは二キロ以上離れてるし、すごい静かな住宅地だから、アホな子供が騒げるような場所じゃないはずなんだけど…でも《天の声》でふざけてるような奴らに常識が通じるとは思えない。常識が通じる奴らならアルマゲドンなんて起こんない。乱闘も暴行も実況スレも起こんない。お兄ちゃんが心配だけど、まあ放っときゃいい。あのバカは自分でこんな危ないところ出てったんだ。それに男の子だし、喧嘩好きじゃないはずだし、逃げ足速いし、たぶん平気。

それに心配しててもどうせ私は外に探しに出られない。それは危なすぎる。レイプはマジで起こってる。私には判る。《天の声》のレスは嘘《うそ》も多いけど本当のことも同じくらい多い。ふざけ口調でホントのこと書いてる奴が結構いる。京王多摩川では、ホントに誰か、マワされて捨てられてたんだろう。私にはそれが皮膚感覚としてちゃんと判る。外はもう暗い。その暗闇《くらやみ》の中に禍々《まがまが》しいものが渦巻いてる。空気が重い。冬が近いのにどっかぬるい。

私は外に、出たくなくても頑張って出るべきか？

ノー。

つーか無理。怖い。シャレにならない。家にじっとしているべきだ。誰だかわかんない奴に追っかけられて殴られて、さらに犯されちゃったら、たまらんよホント。さすがのプリズンエンジェルだって今は檻《おり》の中でじっとしているだろう。いくら腕っぷし強くて毎日女囚やら看守と戦っていたとしても、外の暴動なんかにわざわざ巻き込まれたがらないだろう。最悪だ。なんだよアルマゲドンて。も～ウザ過ぎ。マジでもう、今外でふざけてる奴らはまとめて全員死ね死ね死ね！さっき、夕方までは普通に外に出られる平和な調布だったのに。公園だって…。

あ！

陽治大丈夫かな?!

公園に行って帰ってきたのが四時くらい。今七時前。もう三時間くらいは経《た》ってる。じゃあさすがにもう家帰ってるっしょ。陽治の家はつつじヶ丘で駅四つ分距離あるから、調布のアルマゲドンにはギリギリ入ってないはずだ。陽治は平和な夜を過ごしてるに違いない。

とか言ってそんなの確かめなきゃわかんないし！

私はテーブルの上に置いてあった自分の携帯取って陽治に電話する。トゥルルルルルン。トゥルルルルルン。

「もしもし」

あ、出たじゃん！

「陽治?良かった、今何してる?」

「別になんも」

「ウチ?」

「何?」

「いや、何って、陽治が大丈夫かどうか確かめてんの。今調布でアルマゲドン始まってるの知ってる?」

「ああ、うん。みたいだね」

「だから陽治心配だったから。でも平気みたいで良かった〜」

「当たり前だっつの。俺はいつも平気。心配すんなって」

「そうだけど。でもこっち超怖いよ〜。アルマゲドン、実際起こってみるとシャレんなんないよ」

「当たり前じゃん。お前ウチにいるんでしょ」

「いるよ〜」

「じゃあウチん中でじっとしてろって。あんなもん、中学生とか高校生の祭りなんだから、眠くなったら皆帰るよ。十時くらいにはだいたい終わると思うし」

「そうだけど。今一人なんだよ～」

「は？何で？おウチの人は？」

「お父さんとお母さんまだ仕事～。お兄ちゃんさっきまでいたんだけど、友達がアルマゲドン参加してるからって、止めにいったの」

「勇敢なんだか何だか。お前、大丈夫？」

大丈夫じゃないって言ったらどうしてくれる？

「怖いよ陽治～」

「お兄ちゃんに携帯電話して帰ってきてもらえよ」

あ、そうですか。なんだよ守ってくれよ～。

「陽治来てよ～」

お！勢いで言ったなアイコ！でかした！

「そりゃいいけど、でも今ちょっと俺、手離せないんだよな」

「え～。何してんの？」

「うん、ちょっと」

「いつまでかかる？」

「お兄ちゃん呼べよ」

「お兄ちゃん捕まんないもん」。試してないけど。「陽治来てよ〜。私怖いんだってマジで」

「ちょっと今は難しいんだよ」

「じゃあいつだったら来れるの？」

「ちょっと、今夜は無理。俺もちょっと、今日は外出れないから」

「なんでよ〜。つつじヶ丘平和でしょ〜。ちょっとこの紛争地帯から私を救い出しに来てよ〜」

「お前なら大丈夫だろ」

私なら大丈夫だろとか言わないでよ！勝手に決め付けるな！

「そんなことないよ。怖いよ。私も怖いんだもん。お兄ちゃんいないし。一人だし」

何か自分で言っててホントに興奮してきた。泣きそうだ。あ〜もうこんなことで泣きたくないのに。つーか何の電話してんだ私は。

「調布、今怖いんだもん。ここで一人でいて、何か変な男の人が襲ってきたらどうすんの？」

「家ん中入れんなよ」

「そりゃそうだけど、無理矢理入られちゃうかも知れないじゃん〜。そしたらどうするの？」

「そんなことんなるんだったら、調布でもつつじヶ丘でもどこでも防ぎようがないだろ」

「そしたら私も犯されてマワされて酷い目に遭うんだから」

何を言ってんだか。アイコ、そろそろそれくらいでやめときな！もう訳判んないよ。だいたいあんた、陽治が家で平和にしてるかどうか確かめるために電話したんじゃないの？それなのに危険な調布に呼び寄せてどうするんだって。何馬鹿なわがまま言ってんのさ。

「判った判った。じゃあさ、ちょっと待ってて。今俺調布にいるからさ、今からそっち行くよ」

はあ？

「ええ？何？陽治今どこにいんの？」

「だから調布」

「調布のどこ？」

「お前んチのすぐ近くだよ」

「ええマジでー？何で？あの公園にいるの？」

「いねーよそんな訳ないじゃん。まあとにかく今からそっち行くよ。待ってろって」

「ちょっと待ってよ、何で？」

「いいじゃん、とにかくそっち行くから」

何だ何だ何だ何だ何だ。何で調布にいるんだっつの。帰ってないの？　何うろうろしてるんだって。

「陽治、ひょっとしてアルマゲドン参加してんの？」

「バーカそんな訳ないじゃん。ちょっと、別の用事」

そうか、良かった。アルマゲドンに参加してふざけるみたいなバカになんないでね。

「じゃあ今から行くから」

「あ、陽治」

「何」

「気をつけてね」

「うん。判《わか》ってる。まあ大丈夫だろ」

「いやホント危ないんだから」

「大丈夫だよ、お前んチの、ホントすぐ近くだから」

どこだよ。

ま、いいや。とにかく陽治が今からここに来てくれるんだ！私のために。

このわがまま娘。

「じゃあ、待ってるから」

「おう」

「早く来てね」

「はいはい」

「あと、気をつけてね」

「大丈夫」

「じゃあ待ってるね」

と言ったら電話ブチッと切られた。

ガビーン。陽治ひょっとして怒ってる？


それにしても何で今ごろまだ調布にいるんだっつの。陽治、この数時間、どこで何やってたの？

《天の声》もう一回見てみたら《調布アルマゲドン》スレはもうトータル五千レス。今は多摩川の真っ暗な河川敷で懐中電灯持って中高生が三十人くらい集まって面白半分に殴り合ってるらしい。暗闇ファイトクラブとか言って。警察がきたら懐中電灯消して隠れて場所移動してまたファイト。前のアルマゲドンみたいにふざけて川に飛び込むなよ?人を川に放り込むなよ?前はそれで二人行方不明になっちゃったのだ。

まだ水死体も上がっていない。

で、私はその実況眺めながら、ふと思いついて、というか、ぼんやり、何にも考えずに…かどうかは知らないけど、ふらっと、カキコする。

「調布より神から☆告知☆調布市調布ヶ丘五丁目のカツララブ子は超悪魔。便所。自宅の近くをうろうろしてるから狩ってマワして殺して良し!」

自分の書いた文字が暗闇ファイトクラブの実況中継の中に並ぶのを見る。《超悪魔》《便所》《狩ってマワして殺して良し》の自分。何で私はこんなことを書いたんだろう？　つーかこれ書いたのホントに私？よくわかんない。もちろん私の手が書いたんだけど、でもその手を動かしたのはコアな部分の私ではなくて私の中の私ではない別の人格のような気がするし、逆にコアの私のやったことを表の私が気付いてないだけのようにも思える。

どうでもいいじゃん。私の告知は無視されて新しいカキコがどんどん続いて私のレスは《今》からどんどん遠くなる。私が書いたような、私怨《しえん》を晴らさんがためっぽいレスは基本的に皆に放置されるのが、このマナー知らずの掲示板のマナー以前の暗黙の了解だ。ここに書いてる馬鹿《ばか》どもはプライドだけは高いから、誰かの煽《あお》りに乗らされるのが一番嫌いなのだ。

何盛り上げようとしてんの？私。

今から陽治がくるとなったら途端に状況酷《ひど》くしようとしてんじゃん。そういう危険な町のたくさんの暴漢の魔の手をかいくぐってやってくる陽治に私は会いたいって訳?陽治にさらにヒーローっぽくなってほしくて、さらに危険度を上げたって訳?それじゃ私、ヒーローの敵じゃん。悪者じゃん。陽治の敵になっちゃうじゃん。て、こういうところが私、悪魔なんだろうな。よく判んないけど、私がぼんやり書いたカキコは本当のことだったんだ。

超悪魔で便所。

あ、そう言えば私は便所だったんだ。佐野と意味なしセックスやって逃げ帰った便所。あ〜。

違う違う。私は便所なんかじゃない。悪魔でもない。私はきっと、まだ心のどこかで、陽治のことが好きなくせに佐野とやっちゃったことで、自分自身を責めているんだ。だから自分を《超悪魔》だの《便所》だのと言ったり、それを《天の声》に書き込んだりするんだ。それを《神》の声ってことにして自分を苛《いじ》めてるだけなんだ。

でもホントにあのカキコ見て誰かが私狙《ねら》ってたらどうする?やばくない?私ホントに誰かに殴られてマワされて殺されたりしない?

そうなれば私の罪は許されて私は綺麗《きれい》になるのかな?

だから何でそうなるんだって。何で殴られてマワされて殺されたりして綺麗になったりするんだって。逆じゃん。そんなことされたらもっと汚れるんだっつの。もっと最悪になるんだっつの。何考えてんだこのバカ＝私。

でもでもだってだって…と考えてると携帯が鳴る。陽治?違った。カンちゃんだった。つーかカンちゃん?何で?なんかキモかったけど電話出てみた。「もしもし?」「あ、アイコ?神崎だけど」「何?」「今平気?」「平気」「どこいんの?」「家だよ。何で?」。私は警戒する。こいつまた私外に呼び出してシメようとしてんじゃないだろうな。絶対行かねーぞ。あ、アルマゲドン利用して、ドサクサ紛れに私殺そうとしてんのかな?こえ〜。ぜってー出ねえ。でもカンちゃんは私の考えてたこととは全然違うことを言う。「あんたさ、今外危ないから絶対出ないようにしなよ。あんたの名前ネットに載せて、あんた襲うよう書いた奴《やつ》いるから」。え、それ私なんだけど。「何で?」と私は訊《き》く。「何でか知らない。でも《天の声》の調布板にあんた襲って殺せとか書いたったの。住所も載ってたよ。あんた、どっかで恨まれてんじゃん?」。つーか私のこと恨んでるのカンちゃんたちじゃないの?私のことシメようとしたくせに。それにさっき何で?って訊いたのは何で私にそんなこと教えてくれんの?ってことなんだけど。カンちゃんもう私の友達じゃないんじゃなくて?「多分私らの周りの子達ではないと思うんだけど、今から皆に電話して訊いてみるね。って訊いても正直に答えるとは限んないけど。とにかくアイコ、外出ちゃ駄目だよ。今そもそもアルマゲドンとか言って下んない祭り始まってるから」「うん」「そのカキコ、削除願い出しといたから、もうちょっとで消えると思う。アイコ、今おウチの人、いる?」「いない」「何で?お兄ちゃんは?」「さっき外出かけちゃった」「あぶな〜い。携帯で早く呼び戻した方がいいよ。なんかアルマゲドンってマジでやばいくさいから」「うん」「お父さんとお母さんは?」「まだ仕事」「そっか。じゃあ今一人なの?」「うん」「私、今からそっち行こっか?」「いい」。カンちゃん吉祥寺《きちじょうじ》じゃん。遠いし、調布、危ないんでしょ?何で私のために来るの?どうしたの?つーか昨日の今日でそっち行こっか?とか言われたってお願いしますとか言うはずないじゃん。ってヤなこと思うみたいだけど、でも。何なの?何?別の嫌がらせ?私を油断させよーとしてんの?ホントはその《天の声》の書き込み、カンちゃんが書いたんじゃないの?ってそんなはずない。私が書いたんだよ!カンちゃん!「行くよ」「いいよカンちゃん。ありがと」「いいって。今からバス乗っていけば、調布の駅前に近づかずにアイコのウチ行けるっしょ」「駄目だよカンちゃん。私の名前と住所書いてあるんでしょ?この辺も危ないかも知れないじゃん。それに、なんか、ファイトクラブとかやってるみたいだし、危なすぎるよ、やめな。私ウチにじっとしてるから」。それに今から陽治も来てくれるし…とは言わなかった。余計なことは言う必要がない。「お兄ちゃんに電話して帰ってきてもらうから平気。ごめん、ありがと」「……うん。あのさ、アイコ。ごめんね」「何が？」「昨日のこと」「あ、ううん。別にいいよ」。私が勝ったし。「佐野が誘拐《ゆうかい》されたって聞いて、それに指とか切られて届けられたって聞いたし、なんか興奮して早合点しちゃったの。ホントごめん」「別にいいよ。私、ホント佐野に何もしてないよ」。別れ際《ぎわ》に顔蹴《け》ったけど。……って言うか、ホントに私が蹴って、佐野どっかで死んでるんだったりして。その指誰かが切り取って佐野のウチから身代金《みのしろきん》取ろうとしてるんだったりして……。「うん、そうだろうけど。もう疑ってないよ」「うん」「ごめんね、アイコ」「うん、もういいよ」「ごめんね、私……」と言ってカンちゃんが涙声になるのを聞いて、私にはピチーンときた。カンちゃん、何だかんだ言って佐野のこと好きだったんじゃないの？カンちゃんも確か佐野とやったことあったはずだし、でもカンちゃんは私とかに佐野とエッチしてみればーとか言わなかったし、佐野といるときカンちゃん嬉《うれ》しそうだったもん。きっとそうなんだ。だから色々訳判んない、感情的な行動になったんだ。今もその一環だ。カンちゃん、《天の声》の私の書き込み見て、私がこれで殺されちゃうかもしれないと思ったんじゃないの？そんで死ぬ前に謝っておきたかったんじゃないの？カンちゃん自分がいい子ちゃんでありたい派だから、トイレでシメたこと謝らないうちに私に死なれちゃったら困るーとか思ったんじゃないの？って、まあ何でもいいや。私はカンちゃんが電話の向こうで泣いてングング喉《のど》を鳴らしてクヒーンとか言ってスガスガ鼻を鳴らしてるのを聞きながらなんか冷める。まあでも私も一緒だ。私もカンちゃんと同じでわがままだから、私にはカンちゃんを責める資格なんてないし別に嫌な風に思わない。私も陽治の気を引くためにいろんなことするし、カンちゃんも《いろんなことにおいて正しいことをやるんだしやりたいんだし何かで間違えたらそれを自ら認めてすぐに正していくっていう自分》って自己像を守るために何でもやるんだ。そんでいいし、そんで普通。頑張れカンちゃん。生真面目《きまじめ》なカンちゃんはそういう風に生きていけばいいし、私は恋の道を生きるよ。ってホント、そろそろ陽治来るだろうし、こんなカンちゃんの泣き声とかじっと聞いてる場合じゃない。「カンちゃん、泣かないで、大丈夫だから私。気にしてないから。ありがとう電話してくれて。うん、うん、大丈夫だから。平気。カンちゃん泣かないで。いいの。うん。あはは。うん、また学校でね。ひょっとしたら明日も私休むかも知んないけど。うん、メールして。私もするから。うん。ありがとね、カンちゃん。うん。またね。うん、あはは。当たり前じゃん。これからも友達だって。うん。嫌いんなんないよ。あはは。じゃあね、またね」で電話を切る。ふう。カンちゃんみたいな人までもが変な行動起こすなんて、恋の道ってホント危ないなあ。まあホントにカンちゃんが佐野のこと好きだったら、だけど。

とにかく私はそっちの道を選んだんだから、それがどんなに険しい道のりでも頑張んなきゃ。

あ〜それにしても、陽治が今から来るんだよな。来てくれるなんて信じられない。今アルマゲドンの最中なのに。

もやもやもや〜っと私はアルマゲドンの中、ふざけまわる凶悪な馬鹿どもをギリギリでかわしてスレスレでよけて私のところにやってくるカッコいい陽治を妄想《もうそう》する。この間シメられてるときトイレにズズイと入ってきた陽治をちゃんと見てるから簡単にカッコいいとこ想像できる。凄《すご》い陽治。素敵な陽治。えへへへへ。

で相変わらずレスの伸びつづける《天の声》の調布アルマゲドンスレを眺めながら私のカキコがどんどん下がって掲示板を映す画面から見えなくなると、ちょっとほっとしてさらに私の想像がたくましくなり、そうしてるうちにチントーン、とチャイムが鳴る。私は妄想を中断して玄関に行き、「はいはいはいはい」と言いながらはいはいとか言っておばさんくせーと思いながらドアを開けると、そこに立っているのは陽治ではなくて、なんだよ帰ってきたの?のお兄ちゃんでもなくて、眼帯を外して綺麗な顔を取り戻したマキだった。

硬直。

あのスレ見てここ来たの?·反応早《はや》。

違う。

マキは江戸川区に住んでる。

アルマゲドンが起こってるって知って、そんでその騒ぎに紛れて、ここに来たんだ。

こわ。

そんで金槌《かなづち》。

第二部

三門

崖

リヴィングの柔らかいソファの上に仰向けに寝っ転がって私は耳を澄ましている。外で起こってるアルマゲドンの音がどんどん近づいてくる。最初は気のせいかと思うけどやっぱりそうじゃなくて馬鹿《ばか》がたくさん調布の街をうろついていて、それが広って私の家の周りまで来てるくさい。やだなと思ってたそのときにもっと嫌な音を聞く。キュリキキッ、ドーン！ってあれ、なんか凄《すご》い事故ってない？でもその事故車はタイヤをギュワギュワきしませてその場を去ろうとする。轢《ひ》き逃げ？キュリキキキギャギャッ、ドーン！ってまた事故ってるし！っつーかあれは事故ってんじゃなくて人を順番に撥《は》ね飛ばしてるんじゃない？轢き逃げっつーか全然逃げてないし。ひょっとして中学生が片っ端から車で轢かれてんのかな。それとも中学生の逆襲が始まってんのかな？中学生だっていざとなりゃ車の運転席に飛び込んで適当にエンジンスタートさせてハンドル回して目に付いた順番に《神》だの《天使》だのをボンボン弾《はじ》き飛ばしかねない。やばい。ドーン！ギュルギュル、ドーン！ギギッキュウッ、ドーン！とホント次々に誰かを撥ね飛ばしながら、その車はこっちに近づいてくるみたい。パニックを孕《はら》んだ重たい空気が私の家の中にも侵入してくる。悲鳴みたいな声も聞こえてくる。「ウワアアアッ」。ドーン！「うわもうマジやめろって！」。ドーン！「やだもう〜っ」。ドーン！あちこちで泣き声があがり、逃げ惑う足音がバタバタといくつも私の家の前を通過していく。「あっちだあっち！おい！そっちあぶねえって！」「あいつぜってえ殺す！」。ギャリギャリギャギャギャギャッ、ドーン！ビックリするほど近くで複数のタイヤが甲高《かんだか》いブレーキ音を立てて私の家の前のアスファルトを擦《こす》り、誰かを勢いよく撥ね飛ばす。それから悲鳴と怒声と足音が逃げ惑って散っていった方向のどちらかに、そのシャレになんない乱暴な車が走り去るかと思ったら、もうタイヤのキキキッて音は鳴んなくてそこで停止したままで、ドアがぐいと開けられてバンと閉められる音がする。その悪魔の車から誰かが降り立ったのだ。やべー私の家の前じゃん。私はソファの上で体を硬直させる。何何何何？何なの？車から降り立った足が私の家のほうに向かって走ってくるのが聞こえる。ええ？何でよ！私は今すぐ部屋の電気を全て消してこの家が留守だというふりをしようかと思うけど、間に合わないってそんなの。玄関のチャイムが鳴る。チントーン！私はソファの上で地蔵。何よー何だっての！すると私を呼ぶ声。「愛ちゃん」。え？玄関のドアの向こうから聞こえてきたのはお父さんの声だ！私はソファの上に載せていた足を落として玄関に走る。ドアを開ける。そこに立っているのはグッチ裕三だ。ああ良かった。ほっとする。「愛ちゃん、大丈夫か」。大丈夫だよお父さん！あー良かった怖かった一人で。すっごいシャレんなんなかった。お兄ちゃん外出てっちゃうし！もう馬鹿なんだからマジで、と私は玄関先でドア開けたまんまで言っている。とにかく中入ろうよ、と私が言うとグッチ裕三は「いや、ここにいても危ないから外に出よう」と言う。それはどうかと思う。アルマゲドン、ホントシャレんなんないんだから。でもグッチ裕三は車で来てるし、調布の街でふざけまわってるバカどもをその車でボンボカボンボカ撥ね飛ばしてきてくれたのだ。グッチ裕三の顔は私を安心させる。日焼けした顔がテレビの中とおんなじ風に笑っている。うん、ちょっと待って、と言って私は家の中に戻ってダイニングの椅子《いす》にかけておいたカーディガンを取って玄関に行き、それ羽織《はお》ってサンダルつっかけてグッチ裕三と一緒に外に出る。あ、やべードアの鍵《かぎ》。「いいよ、そのまんまで。愛ちゃんが家の中にいなかったら誰も家ん中入ってこないから」。つーことは私が家ん中にいたら誰か家ん中入ってくんの？　何それ。超怖いじゃん。グッチ裕三が周りを見回す。外は寒い。そして暗い。家の中にいたときはあんなにワアワア騒がしかったのに、外に出た途端に怪しく静まり返ってる。誰かが色んな場所から私とグッチ裕三を見つめてる気がする。悪意を持って。隙《すき》があれば危害を加えようというつもりで。玄関からグッチ裕三の乗ってきた車まで距離が遠いくさい。家の中にいたときにはすぐ近くに停まったように聞こえたけど、実際に外に出てみると家の前にはそれらしき車が見当たらない。「愛ちゃん、こっち」とグッチ裕三に言われて小走りでついていく。道路や小道や木陰には人の気配がうっすらと、しかしいくつもあるのに、並んでいる家の中には誰の気配もない。皆ひょっとして私の知らないうちに、私には知らせないで自分たちだけどっか避難しちゃったとか?だとしたらひどい。薄情すぎ。グッチ裕三は野川の堤防の近くまで来ると誰かのウチの塀の陰にさっと身を潜める。丸っこい身体《からだ》を素早く隠して、そこから野川の様子をうかがっているっぽい。野川の堤防の下には細い川を挟む草むらがあって、それが東西に長く伸びている。そこに何人もの男の子の気配がある。姿は見えない。シルエットすらハッキリしない。でも暗がりの中で暗い何かが動いている。アルマゲドンの最中だから男の子だとは思うけど、ひょっとしたら何か別の嫌な生き物かもしれない。怖い。チカリ、チカリ、と堤防の暗闇《くらやみ》に光の筋が走る。懐中電灯の明かりだ。やっぱり川原にいるのは変な生き物なんかじゃなくてアルマゲドンを楽しんでるバカどもだ。まあ嫌な生き物ってことには変わりないか。野川の川原の草むらの中で喧嘩《けんか》してる奴《やつ》らは全然悲鳴も怒声もあげない。近くにいるのにほとんど物音すら聞こえない。でも危険な奴らだ。誰かが暗闇の中で音もなく殴られ、物凄く痛い目に遭っている。ここで見つかったら私たちだってひどい目に遭うだろう。私は女の子だしさっき変な情報《天の声》に載ったし、お父さんはグッチ裕三だし芸能人だし。ろくなことにならない。グッチ裕三は私に手招きをして、それからそっと塀の向こうに出る。姿勢を低くしたまま堤防の道に出る。柵《さく》の向こうにバカどもがいる。懐中電灯の光の筋がシュンシュンとグッチ裕三を掠《かす》めて動く。危なすぎ、と私は思うけど、グッチ裕三は行ってしまうので、私もついていく他ない。私もグッチ裕三も腰を曲げて頭を倒してできるだけ早く走る。《神》も《天使》も私たちに気づかない。皆草むらの中で自分たちの悪ふざけに夢中だ。シュン、シュン、と音をたてて懐中電灯が宙を照らし、私たちのそばを横切る。私とグッチ裕三は野川の堤防を下ってバス通りを目指す。車が一台も来ないし行かない。まるで真夜中みたいだけど、まだそんな時間じゃない。皆アルマゲドンに巻き込まれるのを恐れて家の中でじっとしているんだろう。それがやっぱ賢明。でも私は外に出てグッチ裕三の車目指してる。危ない危ない危ない。バス通りが見えてきて、そこに一台の車が停まってる。ライトもエンジンもつけっぱなしらしい。運転席に人影がある。こっち向いてる。モト冬樹だ。あの車だ。モト冬樹が心配そうな顔をして私たちを待ってる。ボンボン人を撥ね飛ばしてたのはモト冬樹か。意外にやるなあ。私たちはバス通りに出たら倒していた上半身を伸ばしてモト冬樹の車にダッシュする。グッチ裕三が助手席に飛び込み、私も後部座席に乗り込もうとするけど、後部座席にはもう何人も人が乗っている。「夜もヒッパレ」のメンバーだ。なーに番組終わったのにまだ仲良いのこいつら？つーか乗れないし。もっと奥つめて、と言うのにつめてくれないおっさんは、ビックリ石原慎太郎で、ちょっともう都知事がこんな時にこんなところで何してんだっつの、と私は思う。「この車はもういっぱいだから、別の車に乗りなさい」と石原慎太郎は言う。作業着みたいなの着た石原慎太郎にそんな風にびしりと言われたらもうこっちは硬直だし。別の車なんてないんですけど、と私が言っても無駄だ。「すいません都知事。ちょっとその子だけ乗せてあげてくれませんか」とグッチ裕三が丁寧に頼んでも無駄だ。「乗れないものは仕方がないじゃないか。無理を通せば道理は意味なしということだよ、これいかに」と石原慎太郎は言う。じゃああんたが降りなよ、と言って石原慎太郎を後ろから押したのは辺見えみりで、彼女は「何をするか、やめなさい」と抵抗する石原慎太郎の背中をグイグイ押してムリヤリ車から出してしまった。「さ、乗っちゃいなよ愛子ちゃん」と言われて私は乗る。石原慎太郎は「かー、まいったぜ。道理が意味なしとはこのことだよなあ畜生」と言ってから橋の欄干に近づき、野川の暗闇の中で乱闘中のバカどもに向かって「こらーっ！てめえらそんなところで何してやがんだ！この馬っ鹿野郎ども！」と怒鳴って駆け出し、橋のすそに回って堤防から川原に下りていってしまう。あーあ。大丈夫かな石原慎太郎。ま、でも大丈夫だろう、あの調子なら。私は辺見えみりの隣に座る。ありがとうございました、と礼を言うと辺見えみりは「いいよいいよ全然」と言って笑う。今までなんとも思ってなかったタレントだけど、なんだか急に好感度が上がる。よく見ると超可愛《かわい》い。肌綺麗《きれい》。髪綺麗。お化粧超丁寧。へえ。どんな道具使ってんのかな。「じゃあ出発するぞ！」とモト冬樹が言って車が発進する。どこ行くの？「とりあえず調布駅行くよ」とグッチ裕三が答える。調布駅やばくない？「大丈夫だよ、もうアルマゲドン、移動したから」。そう？「もう中学生ほとんど殺されたか逃げたかしちゃったし」。マジで？「うん」。そのときモト冬樹が言う。「さ、ちょっとここから道悪いから、皆どっかに摑《つか》まってて」。え？ドッコンドッコン！私たちがギュウギュウ詰めになっている車が何かに乗り上げて激しく揺れる。続けてまたドッコンドッコン！何今の？「中学生」。え？轢いちゃったの？「いやいや大丈夫だよ。中学生元気だから」。そんな訳ないし！大丈夫なはずないじゃん！「ほら、平気そうじゃん」と言われて振り返ると、バックウィンドウ越しに、道の真ん中で立ち上がろうとしている中学生が見える。学生服を着た男の子がすっくと立ち上がる。立ち上がってパンパンと膝《ひざ》を叩《たた》いている。怪我《けが》しているようには確かに見えない。あ、ホントに平気なんだ。中学生強いな。超頑丈。ドッコンドッコン！ドッコンドッコン！私たちの車は道路に寝転んでいる中学生達をお構いなしに踏んづけて駅へ向かう。私は運転席と助手席の間に身体を乗り出して前を見る。旧甲州街道をまっすぐ駅へ向かっている。道路の上にはいくつもの突起が並んでいるけれども、それはきっと全部アルマゲドンにやられた中学生達なんだろう。大人も混じっているかも知れない。お兄ちゃんを探すけど、寝転んでいる人たちの顔を確認することは難しい。見ると前から車が一台やってくる。路線バスだ。そのバスもまた、道路に寝転んでいる人たちをブチブチ踏み潰《つぶ》していく。中学生はバスに轢かれても平気なのかな？さすがに平気じゃなさそうに思えるけどよく判《わか》らない。路線バスとすれ違うときにも必死に乗客の顔の中にお兄ちゃんを捜すけどいない。私たちの車は調布駅前のロータリーに行く。凄い静かだ。誰も転がっていない。大騒ぎがあったはずなのに汚れてもいない。雰囲気は普段どおりの調布駅だ。でも乗客が誰もいないし駅員の姿もない。皆まだ避難しているんだ。私は車を降りる。でも他の人たちは誰も降りてこない。助手席の窓が開いてグッチ裕三が言う。「じゃあ先に都庁行っててね。皆そこに集まってるから」。あ、そうなの？私は驚く。いつの間にそんな集合令出たんだろう。お父さんどうするの？と私が訊《き》くとグッチ裕三は

「お父さんは今から石原さん探しに行くから」と言う。あ、そう。ごめんね。「いいよいいよ、愛ちゃん、一人で大丈夫？」とグッチ裕三が訊く。大丈夫じゃないけどとりあえず大丈夫と言うしかなくない？都庁行って調布から来たんですって言えば平気かな、と私が訊くと「そんでいいよ。あとは係の人が案内してくれるから」とグッチ裕三は言う。そう、わかった。ありがとう。気をつけてね、と私が言うとグッチ裕三は日焼けした顔でまた微笑《ほほえ》む。「大丈夫だよ。アルマゲドンももうそろそろ終わりっぽいし。じゃあね」。じゃあね。モト冬樹が運転する黒い車がグッチ裕三と辺見えみりと「夜もヒッパレ」のメンバーを連れてロータリーを出て行き、見えなくなる。

今何時だろ？携帯の時計を見るとまだ五時半だ。あれまだこんな時間じゃん。とりあえず切符買って改札通ってホームへ行くためにいったん地下道に下りる。すると通路の向こうから男の人が一人やってくる。知らない人なのでなんか緊張する。何で誰も人いないんだよ～。こんだけ狭い通路で一対一だと目を合わさずに通り過ぎるのが難しそうで超やだ。余計な緊張させられてうざい。すげーやだなやだなやだなやだなと思ってたら、その人、顔うつむけて無視決め込んでる私にすいません、とか言って話し掛けてくる。はい。顔上げると、その人髪中途半端に長くて顔白くてオタクみたいな顔付きしててピンクのシャツ着ててシャツの裾《すそ》ズボン中入れててなんか超キモい。でもなんか、あれ?この人見たことない?でも判んない。気のせいかな。あ大木ボンドと私間違えてんのかな。とか思ってたら、

「都庁行くにはこっちでいいんですか?」

とその人は訊く。

「あ、それなら電車に乗んなきゃ駄目ですよ。まだ調布ですから」

とだけ私は答える。つーかおんなじとこ行くのかよ~!と思うけど、まあいいや。一人ぼっちで淋《さび》しいってのもあるし。ありがとう、と言ってそのピンクのシャツ着た男の人は立ち去る。全然人の話聞いてない。でもまあいいや、とまた思う。キモい人と一緒に行動するのも嫌だし。あの人、なんか太ってるようにも見えたけど、胸が膨らんでた気もするし、左手の指に銀色の指輪はまってたからひょっとしたら女の人かも知れない、いやオカマかも、と私は思う。まあそれもどうでもいい。あ~キモかった。

で階段上ってホームに出てすぐに電車来たからそれに乗ったら結構人が乗っててほっとする。皆これアルマゲドンからの避難民?椅子がボックスシートになってて二対二で向かい合わせになるボックスが車両の両脇《わき》に並んでて、私はボックスの間の通路をまっすぐ歩いていく。親子連れが多くて子供がキャーキャー騒いでてうるせーとか思ってたら席につかないうちに電車が出発してあれ?でもお兄ちゃん待たなくていいのかな、調布に残してもいいのかな、と思う。でもひょっとしてこの電車に乗ってるかも。これ多分避難民用の臨時列車だし。お兄ちゃんどこ?…と思ってたら車内放送がかかって「毎度ご乗車ありがとうございます。この列車は五時三十分発、ヒカリ336号、鳥取行きです…」とか女の人の声が言うのでビックリやべー電車乗り間違えた!と思う。新幹線じゃんこれ?全然電車違うじゃん!入ったときに気づけよな～京王線にボックスシートあるはずないじゃん。でも新幹線にはあったたっけ?まあいいや、あーどうしよう。途中で降りれんのかな。切符代取られる?でも私そんなお金持ってんのかな。私は通路に立ち止まって財布見るのだが全然ない!二千円しかない!二千円で足りる?つーかぜってー足りないくさい!やべーシャレんなんないよ。車掌さん探して相談しよ。お金のことはあとから送るってことにすればいいんじゃん?窓の外を流れる景色はもう田んぼとか畑ばっかりになってる。うわ～やべ～もう東京出ちゃったのかな。どこまで来たんだろ。私は通路を歩いて突き当たりのドアを開けて車両と車両の間のデッキに出て窓の外を見ると、超だだっ広い田んぼの向こうに西新宿の高層ビル街が小さく見える。うわあっという間にすげー遠くまで来ちゃってるじゃんこれ～。新幹線速すぎ。まあいいや、とにかくお兄ちゃんに連絡しとこ。家に帰ってきてて私待ってるかも知んないし。私は携帯を取り出してお兄ちゃんに電話する。つながる。お兄ちゃんが出る。「もしもし」「あ、お兄ちゃん？」「お前さー今どこにいんだよ」「ごめーん。つーかやばいんだけど」「何が」「私電車乗り間違えちゃったんだけど」「はあ？何で」「判んないよー」「バーカどうすんだよ」「どうしよー。これ鳥取行きなんだけど」「金持ってんの？」「持ってないよー。二千円くらいしかない」「そんなんじゃ鳥取から帰ってこれないだろ」「だから途中で降りる～」「お前、じゃあさ、駅員に見つかんないようにしろよ。見つかっとマジやばいからさ」「え～なんで？」「当たり前じゃん。俺の友達、見つかって超怒られた挙句にムチャクチャお金取られたんだけど」「嘘《うそ》。いくらくらい？」「飛び込み自殺あんじゃん？あれよりもっとかかるってよ」「マジで？」「マジ。二億とか三億とか」。気が遠くなりかける。でも待って。ウチのお父さんグッチ裕三だから、ひょっとしたら実はそれくらいお金、あっさりあるんじゃない？……ないか。グッチ裕三じゃあっさりは無理かも。調布の私の家、ひょっとしたらこれのせいで売んなきゃなんなくなるかも知れない。ガビチョーン。「それは高いね」「だろ？だからお前、ぜってー駅員に見つかんなよ」「うん。じゃあ車掌は？」「車掌も駄目。いいからずっとトイレとかに隠れてろって」「判った。そうするね」。一億も三億も取られたらたまんない。グッチ裕三にもお兄ちゃんにも絶縁されちゃうよ。私はドアの前を離れてデッキのトイレに向かいながら車両の中を見ると、通路に車掌がいて、ナルッチがシートから立ち上がってこっちの方を指差して何か言ってる！つーかちくってる！ナルッチこの野郎～。あとで絶対シメてやる。憶《おぼ》えてろよ～。とか言ってる場合じゃない。車掌が私のほうを見てこっちに近づいてくる。このデッキのトイレに今隠れても無駄だ。逃げてもっと遠くのトイレに隠れよう。後ろを振り向くと車掌は外人で、車掌って言うかマフィアで、子分をぞろぞろつれている。やばい。この電車はひょっとしたら、私のために仕掛けられた罠《わな》かも。私はデッキの奥に行って向こう側の車両に入る。通路を進みながら後ろをちらちら振り向くとマフィアたちがちょうどデッキに出たところだ。まっすぐこちらを睨《にら》んでいる。イタリア系？派手なスーツの懐《ふところ》に、ちらりと拳銃《けんじゅう》も見える。あ、やばい捕まったら殺される！私はもうなりふり構わなかった。周りの人たちが皆外人だったから私は英語で言う。「ヘルプ！サンバディ、ヘルプミー！ゼイアートライングトゥキルミー！コールザポリス！」。でも私は奇妙な日本人だな、っていう風に見られるだけで誰も助けてくれようとしない。酷《ひど》い。「ヘルプ！」「プリーズヘルプミー！」。せっかく頑張って英語言ってんのに皆無視。何でだー！見殺しにするなー！私は通路を走ってその車両を出てデッキを突っ切ってさらに向こうの車両に飛び込む。！。私の目の前に、マフィアの片割れが立ちふさがる。私は立ち止まり、両手をあげる。後ろからボスとその子分たちがやってくる。万事休す。私の膝の下から力が抜けて、ガタガタ足が震え出す。でもここには一般人がたくさんいるから、まさかそんないきなり銃で撃つはずはないだろう。まだチャンスはある。「サンバディ、ヘルプミー！プリーズ！」。私がもう一度叫んだ時、「ゲッダウン！」と誰か男の人が叫んで私がバッと身をかがめると、私の目の前に立ってたジェームズ・ギャンドルフィーニがバンバンバン！という轟音《ごうおん》と同時に胸に銃弾を受けて血煙をあげてバタッと倒れる。ジェームズ・ギャンドルフィーニのでかいお腹《なか》が私の目の前で腕の上に乗っかって生暖かい。重い。私は腕を引っこ抜いてジェームズ・ギャンドルフィーニの持ってた銃を握った手をほどいて奪う。ガラッとドアが開いてガタンガタン・ガタンガタンという電車の音と同時にデッキに立つトム・サイズモアが現れる。こいつがボスだ。私は銃を構える。トム・サイズモアもニヤニヤ笑いながら私のほうに銃を向ける。私には撃てないと思ってるのだ。私は拳銃の引き金に指をかける。けど引き金重くて引けないよ！

そのとき「フリーズ！」という大きな声が響いたと思ったら「ＦＢＩ！ドンムーブ！」という声とともにガシャーン！と窓ガラスが割れて外から黒ずくめの男たちが何十人も突入してくる。皆自動小銃を構えてて、一気に周りを囲まれたマフィア達は硬直する。一瞬の静寂。私は床の上で拳銃をトム・サイズモアに向けたままだ。トム・サイズモアはもう私のほうを見ていない。トム・サイズモアはもう自分がお陀仏《だぶつ》だってことを知っている。でもニヤニヤ笑うのはやめない。「フリーズ！プッチョアガンズダウン！」。ＦＢＩの制止は効かない。トム・サイズモアは笑いながら拳銃をＳＷＡＴチームに向ける。バリバリバリバリバリ！凄《すご》い音が鳴り響いてトム・サイズモアが私の前から消える。どっかと奥に吹き飛ばされてしまったらしい。ファック！とか言って子分のギャング達も拳銃を抜く。「フリーズ！」。バリバリバリバリバリバリバリバリ！四方八方から自動小銃が乱射されてギャング達は一発もお返しできないまま一瞬で蜂《はち》の巣になってその場に倒れる。

すごーい。さすがはＦＢＩ。

私はスーツの男の人に助け起こされる。あ、この人『ミッション：インポッシブル』の司令室の人だ。名前知らないけど。危ないところで助かった私は、ＳＷＡＴ部隊と一緒に列車を下りる。列車が停まっているのは砂漠の入口みたいな岩と砂と背の低い木ばかりがあるでこぼこの土地で、線路の脇に深い谷がたくさんあって、その底に真っ青の水をたたえた川がゆっくりと流れている。なんだここ。こっからどうやって自分の家まで帰ればいいの。SWAT部隊はヘリに乗ってどんどん帰っていく。あの『ミッション：インポッシブル』の人どこ？あれ？見当たんなくなっちゃった。やばいじゃん。他の乗客も列車から降りてきて、三々五々思い思いの方向に散らばっていく。日本人が一人もいなくてそろそろ本気で焦《あせ》ってきた。「すいませ〜ん」と言ってみても誰にも日本語なんて通じない。近くに降り立った、荷物の大きな褐色の肌のおばあちゃんにホエアイズザステーション？とか訊いてみてもベラベラベラベ〜ラ！って巻き舌で何かまくしたてられるだけでそれ一体どこの言語？つーかここどこ？アメリカじゃないっぽくない？　ひょっとしていつの間にか国境越えてメキシコとかに入ってきちゃったのかな？となるといよいよやばいじゃん。FBI〜。ちゃんと家まで連れて帰ってほしーよなあ。中途半端に助けて…ったくもう、これからどうしよう？お金ないよ私。知り合いもいない。マジ困った。しょうがないので列車を下りて歩き出した乗客についていく。砂埃《すなぼこり》が舞う、舗装されてない土の道をだらだら歩いていると、道の途中に丸裸の男の子と女の子が立っていて、どうやらここの土地では子供は裸らしい。こんなところにいられない。うっかり立ち止まると私も捕まって服ムリヤリ脱がされそうな気がして焦る。私は荷物がないから人より足取りが速い。とっととここから抜け出そう。サボテンとかよく判んないバオバブの木?だっけ?の木とかの間をすり抜けながら、私はどんどん前に進む。あれ?遠くにスーツを着た髪の白い男の人が見える。あれ、スティーブ・マーティンじゃない?灰色のスーツ。コートを脇に抱えてる。となりにもこもこの青いダウンジャケット着た太った男の人もいる。あれは、つーことは、ジョン・キャンディじゃん?『大災難PTA』だ、これ。ラッキー!映画ん中であの二人はスティーブ・マーティンの家に向かってたんだから、ここで捕まえて私も一緒についてけば、とにかくアメリカの、もうちょっとマシな場所に辿《たど》り着けるじゃん!と思って私は走る。でも追いつけない。二人とも歩いてるのに追いつけない。私は走ってるのに追いつけない。超暑い。汗がぶわっと体中に浮かぶ。私はほとんど運動なんてしないしいつもはなかなか走る機会なんてないから、すぐに疲れてしまう。なんか足も思うように動いてくれない。もう!見るとスティーブ・マーティンとジョン・キャンディは二人とも遠くの川の向こう岸にいる。私もそっちに行こうとするんだけど、橋がないよ?谷は超深くて『インディ・ジョーンズ魔宮の伝説』のクライマックスっぽいんだけど、あれにかかっていたボロボロの吊《つ》り橋すらない。嘘！スティーブとジョンはどうやって渡ったの？とか困ってるうちにスティーブとジョンは谷の向こう側の岩の陰に消えていってしまう。やベー置いてかれる！「お～い！」と叫んだけど遅かったみたいで、私は一人ぼっちになってしまった。一人ぼっち？何で？皆は？見回しても誰もいない。私はスティーブ・マーティンとジョン・キャンディを追っかけるのに夢中だったから気づかなかったけど、皆別の方向に進んでいってしまったのだ。列車も超遠い。つーか動かなくなった列車に戻ってもどうしようもない。あ、でも線路のそばにいれば、次の列車が来るんじゃない？そうだ。それに乗せてってもらえば、どっかの駅にはつくはずだ。そうしよう。こんなところでうっかり野宿する羽目になる前に戻ろう。と思って谷を去ろうとしたとき、「お～い」という日本語の声が聞こえる。男の子の声。「アイコ～」。私の名前だ！知ってる声だ！私は崖っぷちに駆け戻る。青い青い空の下、百メートルほど向こうにある高い崖《がけ》の上に男の子が立って手招きしてる。

佐野明彦だ。

佐野！

何？佐野こんなとこにいたの？も～皆探してたんだよ。アメリカとかメキシコとかのこんな辺鄙《へんぴ》なところにいたんじゃそりゃ見つかんないよ～。

「お〜い！」と言って私は手を振る。

「お〜い！」と言って遠くの佐野も手を振り返してくる。「こっちこいよ〜！」

「どうやっていくの〜？橋ないよ〜」

「もうちょっと向こうに飛行機あるからさ〜。それでこいって〜」

言われて行ってみると、私の立ってた場所のそばの岩の向こう側に、確かに鉄の機械が落ちていた。でもこれ飛行機じゃなくてヘリコプターじゃない？でっかいプロペラが上にあるし。それにこれ超サビだらけ…つーかこれ不時着したんじゃん？「これ〜？」

「それそれ〜！」

それは見れば見るほど一人乗りのヘリコプターだ。コクピットも剝《む》き出しで、革のシートはもうボロボロだ。砂をかぶってガザガザで、鉄のアームやシャフトは錆《さ》びて赤くなってるし、斜めに傾いて砂にちょっと埋まってるし、どう考えてもこれぶっ壊れてる。

「それ乗ってこっちこいよ〜！」

マジで？これ？動くの？

私は太陽に焼かれて熱くなってるボロボロのシートの上に一応座ってみる。斜めになってるから上手《うま》く腰が乗らなくて、背もたれを背中でグイッと押したら、砂に埋まってた左側の部分がボサッと露出して、ヘリコプターはまっすぐ正面を向いた。よし。でも、あれ?これ燃料あんのかよ…と思ってハンドルのそばの計器盤を見たら、その計器盤の下に、私はペダルを見つける。自転車のペダル?似てる。これがこのヘリコプターの動力源だ。うへえ。マジ?これ漕《こ》ぐの?マジで?うううう。私は砂埃を払って、椅子《いす》の下の辺りから伸びているハンドルを握り、ペダルに足をかけてみた。固い。ちょっと踏み込んでみる。重い。でも最初の一瞬の抵抗を乗り越えると、ゆっくりペダルは回った。すると私の真上の鉄のプロペラもギイッと回る。ペダルとちゃんと連動してる。私は両足をペダルに乗せてもう少しペダルを回してみた。プロペラもさらに回る。ペダルをグイグイ回すと、プロペラはペダルよりもずっと凄い勢いでぐるぐる回る。え?ひょっとしていけるかも。私はペダルを真剣に漕いでみる。するとプロペラはブウウウウン!と高い音を立てて高速で回転を始めて、凄い風を私に吹き付ける。凄い。プロペラ回りすぎて怖い。ブウウウウン!それからヘリコプターが一瞬横にぐらついたかと思うと、ふわっと浮いた。浮いた!浮いたからにはもう止められないぞ、とばかりに私はペダルを漕ぎまくる。三十センチくらい最初に浮いたヘリコプターは、さらに上昇して二メートルくらい上がって安定した。これならいけるかも！

私はハンドルを前にゆっくり倒してみた。これもサビのせいで少し抵抗があったけど、ちゃんと動いた。ブウウウウウン！ハンドルは三センチくらいしか動かしてないのに、ヘリは十メートルくらい一気に前に進んだ。おかげで木にぶつかるところだった。私はハンドルをぐいと引っ張ってさらに上昇し、木をかわす。ヘリはぶい～んと空に向かって上がって、ハンドルを戻すと水平に安定する。よしよし。いける。私はハンドルを横に倒して左に旋回し、谷のほうを向く。それからゆっくりと崖の方に近づき、佐野の方をまっすぐ見ながら崖の向こうに出る。

佐野が「いいぞ～」と言って手を振っている。私には手を振り返す余裕は今のところない。「こわい～」と佐野に言うと「下見るなよ～」と佐野は言う。見ねえよ！と思ったのだが、見てしまう。

何あれ。

谷底の青い川は実は空で、川に流れているように見えたのは水ではなくて、その空を行き交う、たくさんの人の魂だった。下に空があって、そこを魂の大群が移動してる。人の魂はその人の形をしているから、空中を青っぽい白っぽい半透明の人がたくさん裸で泳いでいるようにも見える。

嘘。凄い。たくさん死んだ人がいる。

魂のほとんどは谷を右に向かっている。私もヘリの上で右を向くと、向こう側の空に、今までは見えていなかった真っ赤すぎてあやしい夕焼けと、そのそばに紫色の、不吉な夜空があって、魂の川はその夕焼けと夜空の作る白い境目に続いている。いや、あの白い境目は、境目じゃなくて、上に向かって流れている魂の川の続きじゃないのかな。

「お〜い、こっちこっち〜」と言われて私はヘリの上でペダルを漕ぎながら佐野のほうに顔を戻す。ゆっくり近づく佐野の顔がまだぼやけたままだ。

何あいつ。ホントに佐野？

佐野なら足の指が切れてるはずだ。

でもじっとよく見てみても、佐野の足もぼんやりかすんでちゃんとそこに指が揃《そろ》っているのかどうか確認できない。つーか靴履いてたらどうせ見えない。

「こっちこっち。いいぞ、まっすぐこいよ〜！」

私に向かって手を大きく振って叫ぶあの男の子は、でも佐野だ。多分間違いない。

何？佐野、何でこんなところにいるの？調布の家、何で帰んないの？

なんか私はいやな予感がして、佐野のほうにまっすぐ進みたくなくなる。なんか変。

元いた方に戻ろっかな…と思って振り返って、私は超ビックリする。私がヘリコプターで飛び立った方の崖の壁面に、すっごい大きな文字が岩を削って書いてある。

いくな。

もどれ。

日本語だ。誰が書いたんだろ？

見ると、ずっと続く向こうの崖の高い壁にはもっとたくさんの文字が彫り付けてある。

こっちにかえってこい。そっちにいっちゃだめだ。

そっちを見るな。

こっちを見てろ。

こっちってそっち？何？

そっちのやつはにせものだ。こっちにあるのがほんものだ。

何それ。

私は佐野を見る。そっちってそっち？じゃあ佐野は偽者《にせもの》って訳？佐野じゃなくて何なの？つーかやっぱ佐野じゃん？あれ。

私はそれが佐野かどうかだけちゃんと確かめたくて、もうちょっと向こう側の崖の方に行く。

まだ佐野の顔がよく見えない。

もうちょっと行かなきゃ、と思って後ろを見ると、元来た側の崖の文字が変わってる。

だから、そっちいっち

やだめだって愛子。い

うことききけ。こっちもどってこいって。はやく。

なにそれ。ちょい偉そー。

でも「愛子」って呼んでる。

誰？

どうやってそんな崖に、そんなでかい文字、書いたり消したりできんの？

「こっちだって、こっち～」

と言って手招きしているあっちの佐野が、笑ってるのが判ってきた。やっぱ佐野じゃん。ひょっとしてこれ、佐野がやってんの？

もーなんだか知らないけど、凄いじゃん。

ってそんな訳ないじゃん。佐野は「あっち」だし、崖の文字は「こっち」だし、佐野はあっちにいるんだから、こっちの文字は書いたり消したりできないじゃん。何考えてんの。

「誰よあんた～！」と私は誰もいない「こっち」の、なんだか判んないけど、とりあえず崖に向かって言ってみた。

少し間があって、崖から文字が消えて、それから新しい文字が現れた。誰も削っていないし、誰もその穴を埋めてもいない。崖がかってに文字を書き込んでいるんだー。すごーい！さすがアメリカ。


陽治だよ。

え！
ビックリしすぎて胸痛い。

お前、いいから早くこっちこいよ。そっち渡っちゃだめだぞ。つーかもういいから早くこっちもどってこいっっつーの。

「それどうやってやってやってんの？陽治〜！」

え？

人にたのんでやってでもらってんだよ、うるせーな。つまんねーこときいてないで、いいからこっちもどってこいってば。

「はーい」

陽治に言われちゃしょうがない。私は即座に方向転換することに決める。佐野？陽治？比べるまでもないね。バイバイ佐野。

私は佐野にじゃあね〜と言おうとしてあっち側に振り返ってギョッとする。佐野の、さっきまでぼんやり虚《うつ》ろだった顔の表情がいきなりハッキリして、目が光って口が裂けて、鼻から変なガスがビフーッて出た。

「待てコラ。ふざけんなよアイコ〜」

それはまさしく佐野の台詞《せりふ》だった。でももう佐野は佐野じゃなくて、なんか変な怪物だった。こえ～。やばすぎる。逃げよ。と思ってペダルグイグイ漕《こ》いでたら佐野が両手をこっちに伸ばす。前に出しただけじゃなくて、それはどんどんこっちにやってくる。手が伸びてる！ギャー！お化けだよ～！そうか、あれは佐野だけど佐野じゃなくて、つーか人間じゃなくて！なんか判《わか》んないけど、私を「あっち」側に連れ込もうとする、私の敵なんだ！もちろん敵敵！だって「こっち」側には陽治がいるんだし、ってことは「あっち」は私の味方じゃないんだ！って言うか、そんなこと言ってないでペダル速く漕げ漕げ漕げ！後ろ見ると佐野の白～い手がにょにょにょにょにょにょにょにょ～とわたしの乗ってるヘリに向かって伸びてくる。怖い怖い怖いよ佐野！やめてよそれ！捕まえないでよ！私は泣き出しそうになる。でも泣いてらんない。泣いてる場合じゃない。あの白い手に捕まっちゃったらもう「こっち」側、陽治のいる側には戻れないんだし、そうなると陽治とは会えなくなっちゃうんだ！駄目！それは絶対嫌！佐野とおんなじ側になんて行きたくない！佐野なんてどうでもいいの！陽治以外はどうでもいいの！

　佐野なんて死ね！

　と思って判った。判ってる場合じゃないのに判った。悟った。

佐野は死んでるんだ。佐野はもう死人なんだ。「あっち」側ってのは死人の側で、

「こっち」側ってのは、陽治がいるほうが、生きてる人間のいるところなんだ。つーことは、下の魂の流れてる川は、なんつーの？ 三途《さんず》の川？

やべ～！ 渡りかけてた！ 佐野に惑わされてうっかり三途の川渡っちゃうところだったよ今！ 危ない危ない！

振り返ると、恐ろしい形相《ぎょうそう》の佐野はまだ「あっち」側の崖《がけ》に立ってて手を伸ばして、にょにょにょにょにょ伸びてる佐野の両手は私のヘリコプターにどんどん近づいてきてるじゃないの！ まだ私助かってない！

「陽治ーっ！ 助けてーっ！」

無理。

即答だし！

ガンバレ！

あーもう、うん、とりあえず頑張る！　陽治応援して！

ガンバレガンバレ愛子！

よっしゃ！

私はペダルを必死に漕ぐ。漕ぐ漕ぐ漕ぐ漕ぐ漕ぐ漕ぎまくる！

でも佐野の手の伸びるほうが速い！もう三十センチほどで佐野の手が届いちゃう！
私はもうマジで必死すぎて焦《あせ》りすぎてうっかりペダル踏み外しそうだ！ってそんなこ
とになったらもう一巻の終わり！

ガンバレガンバレ愛
子！

いや、つーか無理だし！
そっち辿《たど》り着かないよ陽治！

諦めんな愛子！ちゃん

とこっちこい！

うるさい！無理なの！もう！無理なことばっか言うな陽治！

とか言ってああ捕まる！佐野の薄気味わりー手が私のヘリコプターのシャーシの一

本に今にも届きそうだ！

「触んじゃねーよ佐野ぉ！」

飛べ！

はあ？

いいからそこから飛べ！

私は下を見る。谷の底にはやっぱり空があって、そこには死んだ人の魂の川が流れている。その魂の川ですら、ヘリのずっと下だ。百メートルくらい下。いやもっと下かな？

涙は出ないけど汗ばっかり出て目がかすむ。

「無理！」

大丈夫だから飛べ！

何が大丈夫なんだって！　全然大丈夫じゃないじゃん！　陽治てめー死んだ人の魂の川ん中ダイヴできんのかよー！

おれが受け止めてやるから！

え？　そういう感じだったら話は別なんだけど、つーか陽治どこにいんの？　陽治死んだの？陽治死んだんだったら私も死んでも別にいいんだよ？

死んでねーよ馬鹿！くだんねーこといってないではやく飛べほら！

あ！つーかもう捕まってた！佐野の手が私のヘリのはじっこをがっちり摑《つか》んでる。それも両手で！

私のヘリは「あっち」側へと引っ張り込まれている。振り返ると佐野のビカーと光る目がだんだん私に近づいている。

きゃー！

バーカ！

愛子！飛べったら飛べよ！

「責任とってよー！」

私はボロっちいシートの上から腰を浮かしてコクピットの上に立ち上がり、下に広がる空の底の死んだ人の魂の川に向かって飛んだ！つーかズルッと足滑らせて落ちた！

ビュウウウウウウウウン！

私は物凄《ものすご》い勢いで落下する。崖が私の横をせり上がり、遠くにあった青い死人の川がグングンどんどん近づいて大きくなってくる。こりゃ凄い大群の魂だ。地球では死人が多すぎるなこりゃ。でもこれひょっとして人間ばっかりじゃなくて動物とか植物とかも入ってるのかもしれないし、もしかすると地球人以外も入ってんのかな？

とか言ってる場合じゃなくて！

私も落ちて死ぬ！

空に落ちて死ぬ！

死人の川に飛び込んで死ぬ！

嫌〜だ超キモッ！

あーもうマジシャレんなんないよ〜！

でっかいでっかい死人の川が私の目の前にちっかいちっかい近すぎる感じになって

きたとき、私の襟元を後ろからグイッと引っ張る感じがあって、私の落下は急速にスピードを緩めて、私は止まった。

セ〜フ。

「陽治！」

と言って振り返った私の首根っこを摑んでぶら下げているのは、あの、調布駅の地下通路ですれ違った、男だか女だか判んない、長髪の、オタクっぽいピンクのシャツのヒトじゃん何で?!

「何それ〜っ！って誰？あんた」

するとそのキモい人は「落ち着いて落ち着いて」と、結局男だか女だか判んない、しゃがれてんのに甲高い声で言って、私を引っ張りあげる。

つーか私もその人も浮いてる。

上あがってる。

猫ちゃんみたいに首のところだけつままれたまま上昇を続けて雲抜けると私が元いた谷間に戻ってきて、ヘリコプターも佐野ももう姿が見えなかった。

良かった。

ほっとしてちょっと元気出た。

「誰なんですか、あなた」

「え？名前ですか？私の名前は桜月淡雪《さくらづきたんせつ》です」

はあ？サクラヅキタンセツ？何それ同人系マンガのペンネーム？

確かにその桜月はそんな名前を名乗ってちまちま漫画描いてそうにも見える。

つーか名前教えてもらったのに結局男か女か判んないままだし。

「何者？」

「職業は占い師です」

あーなるほど。そっちか。

「どこで占いやってんの？」

「お台場ですけど、まあ今はそんなことはどうでもいいじゃないですか」

「良くないよ。あやしいじゃんあんた」

すると桜月はふう、とため息をつく。

「そうですかね。まあでも、桂さんが私のこと怪しむから、なかなか救出、上手《うま》くいきませんでしたけどね」

「何それ、救出って」

「ま、戻ったら全部判りますよ」

「ん？ひょっとして、列車ん中でマフィアから守ってくれたのも、桜月さん？」

「そうですよ。それに他の人の姿で現れて、桂さんのこと守ってたんですよ」

「え？じゃああの辺見えみりとか？」

「いや、辺見えみりはグッチ裕三と一緒で桂さんを攫《さら》おうとする輩《やから》で、私は石原慎太郎です。桂さんはあの車に乗るべきじゃなかったんですよ」

私は石原慎太郎です、って。なーにがなんだか。

「危なかったですね。金田君の協力がなかったら、桂さん失ってた」

「そうそう！何で陽治じゃないの？」

おれはそっちいけねー
んだよ。お前はとりあ

えず桜月さんにお礼をいえ。ったくもう。

「っていうふうに、金田君は、ああやって自分の台詞《せりふ》を文字化させるので精一杯です。でも、金田君だからこそ、そこまでできたんですけどね。桂さんは、金田君だけは、そこまで許してるんですよ」

え？何それ。

なんか私の恋心、バレてるっぽくない？

つーか絶対バレてる！バレバレだー！

「陽治ーっ！」

なんだよ。

「私のこと、好きーっ？」

はあ？

「あ、ちょっと、桂さん待って」
「いいの、訊《き》きたいの」
「ちょっと待って、あっちの崖の上まで到着してから…」
「あっち着いちゃったらもう崖の文字、見えないでしょ」
「いや何とかなるから」
「いいの、今訊きたいの」

私はなんか恥ずかしくてたまらなかったのだ。私の六年越しのラヴ。そんなの一方的にバレててそのままにしておけない。

「ねえ、陽治ーっ！私のこと好きなのーっ？」

だから助けてくれたんでしょ？

だから私を死なせたくなかったんでしょ？

「ねえーっ。はっきり答えてよーっ！」

え？何で？友達じゃ駄目？

つーか終わった。

ふう。陽治は正直なんだよな。こういうときにも、嘘《うそ》はつけない。私も、こんな時を利用して、嘘でもいいから好きだと言わせようとして、その挙句にあっさり失敗しちゃった。カッチョ悪。

もういいや。

「ありがと、陽治。じゃね」

私は首の後ろの桜月のあったかい手を私のTシャツから引きはがし、その手を離して、もう一度空に落ちることにした。

ビュウウウウウウウン！

落下する私を、桜月が追いかけてきたけど、私はその桜月のキモい顔を空中で蹴《け》って、助けさせなかった。顔を蹴られて私を見失って、桜月が遠ざかる。それでいい。

私はこのまま死ぬの。死にたいの。

恋の道は終わったの。これ以上生きてたって何にもなんないの。もういいの。こんなにあっさり死んでバカみたいだけど、でも生き恥晒《さら》して生きるより、こうして死にかけたところであっさり死んだほうが楽だしマシ。ごめんごめん。こんな風に生きる意志弱くてごめん。でもしょうがないの。こうやって私は逃げていくけど怒んないでください。唐突に告《こく》って一瞬でふられて速攻死んで、でも私もうこんでいいの。

さよなら陽治。ホントに好きだった。

愛してた。

あの時からずっと、陽治しか見てなかった。でもこの恋かなわなくてホント残念。

この世に、陽治しか、欲しいものなんてなかったのに。

バイバイ。

あーあ。このまま空の上まで落ちて、私は一体、どうなるんだろう?

森

ハデブラ村の朝は早いんです。

私のお父さんとお母さんは夜が明ける前に仕事に出ちゃいます。お兄さんのオッレは毎朝学校でサッカーチームの練習がありますから、お父さんとお母さんに出掛けに起こされると頑張って飛び起きて、それから一人でご飯を食べて、サッカーボールを蹴《け》りながら一人で学校に行ってしまいます。おかげでそれからようやく六時になって私が目覚めるころには、もうおウチは空っぽになっていて、なんと、家の中には私一人だけになってしまっているのです。でも、ハデブラ村にある三軒の家の、どのお父さんもお母さんも夜明け前には仕事に出ちゃうので、朝六時に起き出す子供達は、皆で集まって、子供達だけでご飯を食べることにしているのです。お食事はできるだけ大勢で食べた方が美味《おい》しいですからね。私たちはそれをちゃんとした大人たちが行くような「お食事会」と呼ぶことにしています。ハデブラ村の、朝のお食事会です。

そのお食事会に毎朝集う人たちは、私シャスティンと、右隣のおウチに住んでるヘイドナとアユーの二人の姉妹、そして左隣のおウチに住んでるヌッラとインテの二人の兄弟と、その妹のネイです。実はヌッラとインテもサッカーが大好きなので、是非ともオッレと一緒にサッカーチームに入りたいのですが、何しろ二人とも大のお寝坊さんたちなので、どうしても朝の練習に参加することができなくて、学校で男の子達とサッカーボールを蹴るよりも、おウチのベッドでゆっくり枕《まくら》を抱いてる方を選んじゃってるみたいです。

今日の朝ごはんもいつものように、三軒のおウチの三人のお母さんが作っておいてくれた朝ごはんを持ち寄って、皆で一つのテーブルで食べることになりました。でも今日の朝ごはんは、いつもとちょっと、様子が違います。いつもは三軒のおウチの中で一番大きなテーブルがあるヌッラとインテとネイのおウチで食べているのですが、今朝起きてみたら青空がいつもより元気みたいではりきっていて眩《まぶ》しくて、いろんな形の真っ白い雲がたくさん浮かんで皆で競争するみたいにして急いで流れていて、その追いかけっこの様子がとても楽しくて目が離せないもんですから、誰が言い出したのか判《わか》りませんが、ごく自然と、今日は特別に、お庭にテーブルを出して、外でお食事会をしましょうよってことになったんです。

それはそれは素敵なお食事会です。どうして毎朝こうしてテーブルを外に出さなかったのかしらと私は思います。目玉焼きもソーセージもミルクも、皆太陽の光を浴びてキラキラ光って食卓に並ぶのが嬉《うれ》しそう。お味も、なんだかいつもより美味しくなってるみたいです。私はフォークをチーズに伸ばして取ろうとしましたが、そうせずに、かわりに手で取って、食べてみます。ヤギのチーズが舌の上で融《と》けて、お口の中でふわりと広がります。できたてのチーズはとっても柔らかくて、パンに載せて食べたりするより、ずっとずっと美味しいのです。他の皆もチーズを食べています。ヌッラはふざけてチーズをパンの上に山盛りにしています。とても口には入らないほどにチーズを載せたので、ヌッラの鼻の頭がチーズにぶつかってしまいました。それを見て笑っていたインテも、お兄さんの真似《まね》をしようとチーズに手を伸ばしたので、呆《あき》れ顔でヌッラを見ていた私が、そうはさせないわよ、と、インテの伸ばした手の上をピシャリ叩《たた》いてやりました。本当に、私がいなければこのお食事会は、ヌッラとインテの悪ふざけのせいでとんでもない大騒ぎになっていたことでしょう。男の子達は皆揃《そろ》って腕白《わんぱく》で、ちょっと元気すぎるところがあるくらい。私たち女の子は、そんな男の子の監視役です。食べ物で遊んじゃ駄目よ、と私が言うと、へイドナも、そうよ、せっかくのヤギのチーズがもったいないわ、と言います。アユーとネイもその真似をして、二人の男の子たちにチーズがもったいないわよと言いました。

今日は楽しい楽しい夏休みの第一日目です。今日から学校に行かなくてもいいんです。

ヌッラもインテもご飯を食べ終えてから、さて何をして遊ぼうかと考えています。サッカーをしに学校まで行くというのは、どうしてもこの二人には面倒臭いみたいです。近くの川で泳ごうよ。あっちの森に冒険しに行こうよ。ローナさんの犬をからかいに行こうか。林の中で虫を取りに行こうか。二人はいろんなアイデアを出しています。

さてさて私たち女の子も、ご飯が済んだらどうしましょうか。アユーとヘイドナとネイが私を見ました。私としては、今日はお外がとても気持ちいいので、川や森や林に行って、男の子達と一緒に遊びたいところです。でもアユーは男の子たちが時々ふざけすぎて危ないことを始めたりするので、あんまり男の子達と一緒に遊ぶのは好きじゃありません。お姉さんのヘイドナの方は、男の子に負けないくらい活発で、挑戦心の強いところがあるのですが。

私は男の子達に言っておきました。

西の森には入っちゃ駄目よ。

すると男の子たちが、どうしてなのと訊《き》いてきます。

あそこの森には、この頃、怖い怪物がやってきて、住み着いているらしいのよ。

すると案の定、ヌッラが身を乗り出して、興味津々《しんしん》、怪物って何?と訊いてきました。

あのね、その怪物は、子供ばっかりを捕まえて、体のいろんなところをチョキンチョキンと切っちゃうのよ。

それを聞くとインテの方はすぐに怖がりました。でもお兄さんのヌッラの方はまだ目をらんらんと輝かせていて、そんでその子供は食べられちゃうの?と訊いてきます。

私は首を振って教えてあげます。

食べられたりはしないみたい。

でも西の森の奥深くの、人が誰もやってこないようなところに怪物に連れて行かれて、そこに置き去りにされて、そこで子供達は、体を離れ離れにされたまま、独りぼっちでゆっくりゆっくり死んでいくのよ。

するとヌッラの瞳《ひとみ》に、ようやく怯《おび》えの色が宿りました。

それから、ヌッラとインテは二人でふざけ始めました。二人はお互いの腕や顔をつねり合いっこして、怪物に体を切られることがどれぐらい痛いのか、二人で研究を始めたようです。

ヌッラはインテの左腕の、肘《ひじ》のそばを、まずは右手の人差し指と親指でグイッとねじってみます。

痛い痛い！

インテはもう降参です。インテは本当に痛がりです。

代わりにヌッラがつねられ役になりました。

インテはヌッラの右肩のそばの、腕の柔らかいところを、右手の人差し指と親指でつまんで、グイイッとねじります。ヌッラは歯を食いしばってそれを我慢しています。インテが平気？と訊きますと、ヌッラはまだまだ大丈夫だよと答えます。ヌッラは我慢強いのです。それに強がりで、負けず嫌いですから、まだまだ降参しそうにありません。

インテは次にヌッラの左足の、半ズボンから伸びる白い太ももの内側を、同じく右の人差し指と親指でつまんでグイッとねじりました。するとヌッラは涼しい顔をして、インテ、手加減しているだろ、と言います。見るとインテの顔は、まるで自分がつねられているようです。もっと強くつねってみてよ、とヌッラが言うので、インテは目を瞑《つぶ》ってから、えいっとばかりにグイイイイッとねじりました。ヌッラはさすがに歯を食いしばることすらできず、今にも甲高い悲鳴が響いてくるかとこっちが身構えてしまうくらい大きく口を開けました。でもヌッラは悲鳴をあげません。ヌッラは口を大きく開けるだけで、目を瞑ったまま、つねられている痛みを耐えてしまいます。ヌッラの強がりも大したものです。

次にヌッラは、なんとテーブルの上のフォークを取って、インテに手渡しました。これでちょっと刺してみてくれよ。ヌッラはニコニコ笑っていますが、インテのほうはビックリです。私たち女の子も目を丸くしました。

やめなさいヌッラ、と私は言います。でもヌッラは大丈夫だよ、こんな小さなフォーク、本当には刺さったりしないよ、ちょっと尖《とが》ったところが肌にチクッとするだけだよ、と言って、笑ったままです。

さあいいからインテ、ちょっと刺してみてよ、とヌッラは言います。

フォークを手に持ったまま、インテは困ってしまっています。

やめなさいよヌッラ、と私はもう一度言いました。危ないわよ、フォークだなんて。

大丈夫だよ、ちょっと手加減すれば、とヌッラは言います。

どうしてそんなことしてるの?と私が訊くと、ヌッラは答えました。

西の森の怪物に捕まって、体を切られる子供達の、感じる痛みがどんなくらいか、想像してみたいんだよ。

私はまたビックリです。どうしてわざわざ痛い思いをしてみたいのか、私には判りません。

私が驚いている間に、ヌッラはインテをもう一度うながしました。

さあインテ、ちょっとでいいから、そのフォークで僕の体を突いてみてよ。

インテはまた目を瞑り、フォークを両手で持って、ヌッラのお腹《なか》の真ん中辺りにグイッと押し付けます。

全然痛くないよ、ちょっと待って、と言って、ヌッラはシャツをめくり、真っ白い、ぷっくりとしたお腹を出しました。

もう一回やってみて。

インテはまた困ったようですが、もう一回だけ、とヌッラに言われて、しょうがなく、再びまぶたを閉じて、両手でフォークを構えて、ゆっくりそれをヌッラのお腹の上にあてがいました。

もっと強く。

ヌッラに言われてインテはフォークをもう少し前に押し付けます。フォークの先っちょは、ヌッラのお腹の中にギュウッとめり込みました。

まだ全然だよ、とヌッラが言うので、インテはフォークをさらに深くめり込ませます。ヌッラの柔らかいお腹に、フォークの串《くし》の部分が全部入ってしまいました。

でもヌッラは平気そうです。

もっともっと。

ヌッラはホントに大丈夫なんでしょうか？でもヌッラの顔は、さっき足をつねられたときとは全然違って、いまだにニコニコ笑っています。

インテの押し出すフォークは、とうとう柄のくびれの所まで、ヌッラのお腹にめり込んでしまいました。

駄目だよ、フォークなんてそんなに、痛くないよ。とヌッラが言うと、インテはほっとしたようにフォークを引き抜きました。ポコン、と丸みを取り戻したヌッラのお腹には、フォークの爪《つめ》あとが四つ、赤い点になって並んでいます。

すると息をついたのもつかの間、ヌッラはお皿の上にあったナイフを摑《つか》んで取り、インテの手の中のフォークと交換してしまいました。

じゃあ今度はこれで刺してみてよ。

ヌッラが言うと、インテはまた血の気がなくなったようです。

やめなさいよ、と私は強く言いました。

ヌッラは笑って、大丈夫だよ、フォークも全然平気だったんだからと言い返します。

さあインテ、ちょっとでいいから、そのナイフで、今みたいにお腹を刺してみてくれよ。

と言って、ヌッラはインテの手を取って、自分のお腹に、まっすぐナイフを引き寄せました。

ナイフの先が、フォークの爪あとのそばに当たります。銀色の平たいナイフの先っちょが、またゆっくりと、ヌッラの白いお腹の中にめり込んでいきます。

ヌッラのお腹はとても柔らかくて、ナイフは見てる私たちがビックリするくらい、奥深くへと、めり込んでいきます。

私たち女の子も、もう目が離せなくなっています。

ヌッラはゆっくりゆっくりと、インテの手を自分の方に引き寄せて、ナイフを自分のお腹へ刺し込んでいくのです。

全然痛くないよ、もう少し奥の方に押し込んでみて、と言って、ヌッラはインテの腕を放しました。

インテは言われた通り、ほんの少し、またさらにほんの少し、ナイフをヌッラのお腹の中に、突き刺していきます。

ナイフはもう半分くらい、ヌッラのお腹にめり込んでしまいました。

そのときです。

さっきまで涼しい顔をしていたヌッラが、突然ウッと声をあげたかと思うと、椅子《いす》の上で体を曲げたのです。

インテが真っ青な顔をしてナイフを引っ込めました。するとヌッラは前かがみに座った格好のまま、椅子からお尻《しり》を滑らせて、どさっと地面に倒れてしまいました。インテが持っていたナイフを放り捨てて、ヌッラのそばに屈《かが》み込みました。

ヌッラ！

私もヘイドナもアユーもネイも、めいめい悲鳴をあげながらヌッラのそばに走っていきました。

ヌッラ！ヌッラ！大丈夫？

インテがヌッラの肩を揺すりますが、ヌッラは目を瞑って歯を食いしばって何も答えません。ヌッラの白い歯が見えます。

ああ！馬鹿《ばか》なヌッラ！

ナイフなんかで遊んでいるからよ！

ヌッラ！

するとどこからか、えっへっへっへっへという笑い声が聞こえてきました。

見ると、ヌッラの肩が、そのえっへっへっへっへに合わせて上下しています。

もう！ヌッラったら！

私がヌッラの背中を叩くと、ヌッラはタラ～ン！と言って、私たちに笑顔を見せました。

私もヘイドナもアユーもネイも、皆ほっとしたやら気が抜けたやらでがっくりとして、地面にお尻をついちゃいました。

ヌッラが得意げな笑顔を私たちに見せたのに、まだインテはヌッラにかつがれたのがわからない様子で、ぽかんとしたままヌッラの顔を見ています。

それからヌッラが立ち上がって、引っかかった引っかかった～っ、と言って、私たちを囃《はや》すために踊りだしてから、ようやくインテは怒りはじめました。

ヌッラ～！

インテがヌッラを追いかけて、ヌッラが笑いながらあっちこっちを逃げ回り、どうやら追いかけっこが始まったようなので、私たち女の子もキャアキャアと声をあげながら、インテと一緒にヌッラを追いかけることにしました。

私たちの夏休みの最初の一日は、この、朝の追いかけっこから始まったのです。

追いかけっことかくれんぼが終わってから、私たちはそれぞれのおウチに自分の家のお皿やボウルを戻し、テーブルの上を片付けて、それから皆で相談して、川に行って遊ぶことにしました。

川にはカニや魚がたくさんいるので、ヌッラとインテはそれを獲《と》るのに夢中です。私たち女の子は、カニや魚が水の中にいるのを、泳ぎながら見ているほうがずっと好きです。

川下の方からやってきた大きなマスが、私の下を、ゆっくりと、体を左右に振りながら、見事な鱗《うろこ》を自慢するようにして通り過ぎていきます。金色のお腹が、水の中に差し込んでいるお日様の光を浴びて、キラリキラリと光ります。すごく綺麗《きれい》なので、男の子達にはマスを見つけたことを教えてあげません。マスは私の下の、川の深いところをゆったりと自信満々の風情《ふぜい》で泳いで進み、上流へと泳ぎ去ってしまいました。あの人はきっと川に住む偉い人なんだろうと思い、私はその偉い人を自分だけが見れたことで、ちょっと嬉しくなりました。

川から出て、お日様に当たり、水で冷えた体をポカポカにしてから、今度は皆で川下の方へ歩いていきました。いろんな木の枝が川を流されてきて落ちているので、そのつるりとした枝を拾い上げて、男の子達はちゃんばらを始めます。私たち女の子は、珍しい形の石や、綺麗な小石を探しながら、ゆっくり歩いていきます。アユーが真っ白の石を見つけました。それはもう少しで透明に透き通りそうな、ガラスみたいな石でした。宝石なんじゃないかしら、とアユーが言いました。そうかもしれない、と私は思いました。アユーが羨《うらや》ましいので、私もヘイドナも一生懸命川原の石を見ましたが、アユーの拾ったあの白い宝石ほど綺麗なものは、もう見つかりませんでした。

あっという間にお昼になったので、私たちは川から道に出て、ハデブラ村に帰りました。お父さんとお母さんが家に帰ってきていて、ご飯の用意もできています。お魚を焼く匂《にお》いも漂っていました。

私たちはまたお昼ご飯が終わってから、集まって遊ぶ約束をして、それからそれぞれのおウチに帰りました。

お母さんが台所に立って、スープをかき混ぜています。お父さんは居間でソファに座って、今朝読みきれなかった新聞を読んでいます。

ただいま。

お帰り。

私はお父さんの膝《ひざ》の上に乗って新聞を読むのを邪魔してやることにしました。

それからいくら待っても、お昼ご飯を食べに帰ってくるはずのオッレが帰ってこないので、私もお父さんもお母さんも、皆お腹をぐうぐう鳴らしています。お腹空いたから先に食べちゃおうよ、と私はお父さんに言いましたが、う〜ん、やっぱりオッレが帰るのを皆で待とう、とお父さんは言って、結局お魚もパンもスープも野菜の煮物もお預けです。

でもいつもよりもオッレの帰るのはずっと遅いようです。どうしたのかしら？　私は学校までオッレを迎えに行きたいくらいでしたが、学校までは歩いて一時間以上もかかるので、とてもそんな力はありません。何しろお腹が空きすぎているので、私はもう、椅子から立ち上がることすらもできるとは思えません。

ヌッラとインテとネイとヘイドナとアユーが、窓の向こうに見えました。ヘイドナがこっちにやってきて、ドアを開けて私を呼びます。

私はぐうぐう鳴りっぱなしのお腹を抱えて椅子を下り、玄関の方までやっとの思いで行きました。

遊びに行こうよ、とヘイドナは言います。

私は首を振りました。口を利《き》く元気もありません。

まだご飯中なの?とヘイドナが訊《き》きます。

ううん、と私は言いました。まだご飯、食べ始めてもいないの。オッレがまだ、学校から帰っていないから、まだお父さんとお母さんと一緒に、待ってるの。

そうなの、オッレ、学校帰りに、どこかで遊んでるのかしら、とヘイドナが言います。

そうかもしれないね、と私は言いました。でも、オッレもお腹が空いてるはずなのにな、と思いました。そもそも、いつもだったら、オッレが真っ先にお昼ご飯のテーブルに座るのです。あの食いしん坊が、お昼を食べずにどこかで道草を食ってるとは思えません。

先に遊びに行っててていいよ、と私は言いました。ご飯食べたら、遊びに行くから。

どこに遊びに行くの?

でも私の質問には答えずに、ヘイドナは言いました。

ひょっとしてオッレ、西の森に行っちゃったのかしら。ほら、学校から帰る途中で、ハデブラ村に近道しようとすると、西の森に入っちゃうことになるでしょ?ひょっとしたら、オッレ、そうしたのかしら?

思いもかけない考えに、私は息が止まりました。

西の森！

確かに西の森は、ヘイドナが言ったとおりの場所にあります。学校へ行ったり学校から帰ったりする道は別にあるのですが、それは暗い西の森には入らずに、森の周りをグルッとまわるような形でハデブラ村に続いています。でも、西の森をまっすぐに通ってハデブラ村へ続く道だって、細い細い道ですが、ちゃんとあるのです。私たち女の子は、怖いのでそんな道に入ったことはありませんが、大人は通ってますし、男の子達も、一人じゃなかったら、時々、キモ試しのために、恐る恐る通ってみたりしているようです。

おウチに急ぐオッレが、ひょっとしたら一人なのに、あの西の森の道を通ったのかしら？そして、ああ、恐ろしいことに、あの噂《うわさ》の怪物に捕まってしまったんだとしたら！

私はお腹が空いているのも忘れて、玄関にぼうっと立っていました。

ヘイドナが心配して、でも大丈夫だよ、きっとすぐに帰ってくるよ、と言ってくれましたが、私は首を振りました。

帰ってくるんだったら、もう帰ってきてるはずだよ、と私は言いました。オッレは食いしん坊なんだから、と思いました。

振り向くと、台所のテーブルからお父さんが立ち上がり、居間にある電話のところに行って、学校に電話をかけています。

オッレはまだそっちにいますか？

私とヘイドナはじっとお父さんの様子を見つめています。

お父さんが、耳に当てた受話器をギュッと握り締めて、そうですか、ありがとう、と言って、受話器を戻しました。

お父さん、オッレはまだサッカーやってるの？とたまらず私が聞くと、お父さんは首を振りました。

もうとっくにサッカーの練習は終わって、皆家に帰ったそうだよ。

お父さんがそう言うのを聞いて、私の体がぶるっと震えました。

間違いない、と私は思いました。オッレは西の森のあの道を通って、途中で、噂の怪物に捕まったんだ。

でも私はそれをお父さんとお母さんには言いたくありませんでした。お父さんもお母さんもオッレのことを深く深く愛していて、もしオッレが怪物に捕まって、体を切られて、森の奥のどこだか判《わか》らない場所に隠されてしまったと知ったら、それこそ気が狂わんばかりに嘆き悲しみ、苦しむでしょう。私はお父さんにもお母さんにも、そんな辛《つら》い思いを味わわせたくありません。

じゃあどうしようかしら、と私は考えました。オッレが怪物に捕まったとして、でも、それからオッレはどうなるのかしら？噂では、怪物に捕まった子供は、体を切られるけど、すぐに死ぬわけじゃない、ということです。森の奥に連れて行かれて、そこでゆっくりと死んでいく、という話でした。

じゃあひょっとしたら、まだオッレもどこかで生きているかも知れません。もし怪物に捕まったんだとしても、体をチョキンと切られたんだとしても、それでもまだ、森の奥で生きているのかも知れません。

助けに行きたい、と私は思いました。私は妹なんだから、お兄ちゃんを助けに行かないといけない、とも思いました。

それで私は、ヘイドナといっしょに玄関を出て、ドアを閉めて言いました。

ヘイドナの言う通りだわ。きっとオッレは西の森の道を通って、怪物に捕まったんだわ。私、探しに行かなくちゃ。お願い、ヘイドナたちも一緒に来て欲しいの。

するとヘイドナは、恐ろしさに顔を引きつらせました。

でも、そんな…まだ、本当に怪物に捕まったかどうか、判らないんでしょ？

でも、私、これ以上じっとしていられないわ。こうしてる間にも、お兄ちゃんが怪物に酷《ひど》い目に遭わされてるかも知れないんだもの！

私はいてもたってもいられず走り出しました。私は悲しくて辛くて涙が浮かんでるのをとめることができず、でも泣いてるのをヘイドナに見られるのが嫌だったのです。それに足がすくんでしまって、あの玄関ポーチから動けなくなるのも怖かったのです。

一人きりで私は西の森に向かって走りながら、ただひたすらオッツレの無事を祈りました。私の、ちょっと悪戯《いたずら》好きのお兄ちゃん、オッツレ。もう！どうして一人で西の森の怪物の森なんかに入ったりするの?!

ああどうかオッツレが無事でありますように。オッツレが怪物に捕まっていたとしても、まだ殺されていませんように。私のこの怯《おび》えた足がちゃんと動いて、生きてる間にオッツレのところにいけますように。

西の森の入口まではすぐでした。ハデブラ村からの道を、林を二つ分抜けると黒くて大きな、モミの木ばかり生えている森が見えてきて、それが西の森なのでした。夏なのに、動物の気配がほとんどしません。それまでに走り抜けてきた二つの林には、鳥や動物達の姿や声や足音や気配がたくさんあったのに、その森だけが、周りの音を吸い込んでいるかのように、シーンと静まり返っています。

私は西の森に、一気に駆け込むつもりです。立ち止まったら、もう二度と私の二本の足は、そこから動こうとしないように思えました。

西の森の入口まであと少しです。私の足はまだ動いて地面を蹴《け》っています。入口の向こうはもう真っ暗で、道の様子も良く見えません。

でもそこに入ってみるしかありません。

私は覚悟を決めました。そのときです。森の入口の脇《わき》の、藪《やぶ》の中から、見知らぬお爺《じい》さんとお婆《ばあ》さんが歩いて出てきました。止まりなさい、お嬢さん、中に入ってはいけない、と言ってお爺さんが私のほうに手を振りました。

でも私はそこで止まる訳には行きません。足を止める訳にはいかないのです。別の脇の藪の中からも、また別のお爺さんとお婆さんが出てきて、走りつづける私に向かって言いました。

お嬢ちゃん、その森の中に入っちゃ駄目。

知ってるんです。でも中にお兄ちゃんがいるんです。でも私はハデブラ村からずっと走りつづけているので、もう息が切れて、言葉を上手《うま》く発することができません。

また別の藪から、お爺さんとお婆さんが、そのまた別の藪から、別のお爺さんとお婆さんが出てきて、私を止めますが、もう私は目を瞑《つぶ》ってしまうことにします。森の入口は目の前です。まっすぐ走ればそのままその森の中に入ることができます。

まぶたを閉じたおかげで、私の呼吸と足音と、お爺さんたち、お婆さんたちの声がよく聞こえます。お爺さんたち、お婆さんたちは、私のことを心配してくれています。でも私はオッレの声こそを聞きたいのです。私のお兄さんの声を。

背中に当たっていたお日様の光の、ポカポカとした暖かさがすっと消えました。体を包んでいた、あの夏の暑さが嘘《うそ》のように涼しくなりました。私は目を瞑ったまま、森に入ってしまったのでしょう。そしてそれと同時に、あんなにたくさん聞こえていた、お爺さん、お婆さんの声が消えました。森の中には、もう森の外にあった音は聞こえません。森の中では、もう私の足音すら聞こえないようです。いや、聞こえていますが、すごく小さな音になりました。私が息を吸ったり吐いたりする音も、同じように小さくなってしまいました。私は、自分が走っていることと、自分が息をしていることを確かめるために、まぶたを開けてみました。

薄暗い森の中で、私は確かに走っています。呼吸もちゃんとしています。後ろを振り向くと、私が走りこんだ森の入口は、まだすぐそこにあります。でももうお爺さんたちとお婆さんたちの姿は見えません。

あれ、と思って、私はそこで、立ち止まってしまいました。

なんと、森の入口の向こうの、日の当たる明るい場所に、ヌッラ、インテの姿が見えるではありませんか。ヘイドナ、アユー、ネイの姿も見えます。五人が揃《そろ》って、私のいる森のほうに走ってきます。

さっきは一緒に来て欲しいと頼んだけれど、その五人の姿を見た私は、やはり友達をここに連れてきてはいけない、と思いました。ここには恐ろしい怪物がいるのかも知れないのです。友達を酷い目に遭わせたくない、と思いました。

私はこっちに駆けてくる五人に向かって手をかざし、止まって、こっちにきては駄目よ！と大きな声で言いました。

でも私の声は、私が思ったほど大きな声になりません。それどころか、ほとんど聞こえないくらいの小さな声にしかならなかったのです。ちゃんとそれが声になったのかどうかすらもよく判らないくらいでした。

私はもう一度、こっちにきては駄目よ！と言いましたが、やはり私の声はとても小さくて、自分の耳にすらよく聞こえません。どうやらこの森は、さっき思った通り、音を吸い込む不思議な森であるようです。周りのモミの木はたいそう大きくて、こちらに枝をせり出していて、緑は厚く、枝の下の影はとても濃くて、そこに何がいるのか判りません。何かがいるような気配はないのですが、何がいてもおかしくないような気がするのです。モミの木の太い幹から地面に伸びる根っこは、薄気味悪く森の地面に皺《しわ》の模様を作っています。さっき川の水の中で見たマスのお腹《なか》の金色の鱗《うろこ》の様子とは大違いです。モミの木の根っこも網の目を作っていますが、こちらの方には美しさがなく、ただひたすら気味が悪いのです。

やっぱりこんな森に入ってきては駄目だ！

私はヌッラたちに向かって、手でバツを作り、こっちに来ては駄目よ！ともう一度言いました。

でもヌッラたちは私が見えないみたいに、まっすぐこっちに向かってきます。

あっ、と私は思いました。そう言えば、私も森の入口に走りこむまで、森の中の様子が暗くて何も判らなかったんだ！

ヌッラたちにも、森の暗がりにいる私の姿は見えてないのでしょう！

私は森の入口に駆け戻ろうとしましたが、そこで、モミの木の根っこにつまずいて、地面に転んでしまいました。

なんてことでしょう！

さっきは目を瞑っていても走って入れた森の道ですが、戻ろうとする私を、悪意を持って邪魔するかのように、モミの木の根っこがモコモコと、細い道を波打ってしまっています。転んで打ち付けた膝《ひざ》がとても痛みます。その痛みを我慢して立ち上がったときに、ヌッラたち五人が、この恐ろしい森に入ってきてしまいました。

ああ、シャスティン！とヘイドナが私を見つけて声をあげます。やっぱり外からは、入口のすぐそばにいた私の姿すら、見えていなかったのでしょう。ヘイドナは私のところに駆け寄ってきて、私に抱きつきます。

ごめんね、シャスティン、一緒に来てあげられなくて、とヘイドナはほとんど泣きそうになりながら言います。

私はヘイドナの背中を抱き、それから少し離れて言いました。

駄目よ、ヘイドナ。それに皆。ここは恐ろしい森だから、きちゃ駄目。私一人で大丈夫だから、森の外に戻って。

するとインテがおかしなことを言います。

そんなこと言ったって、もう随分森の奥まで走ってきちゃったよ。

そんな馬鹿なはずはありません。ここはまだ森の入口なのですから。

何言ってるの？　インテ。

しかしみんなの後ろをみると、さっきまでそこにあったはずの森の入口が、もう見当たらないではありませんか。私は周りを見ましたが、鬱蒼《うっそう》としたモミの木の林が広がっているだけで、森の入口も、その向こうに見えていた太陽の光も、もうどこにもありませんでした。それどころか、私が立っていたはずの、森の入口に続く細い道ですら、もう足元にはないのです。あるのはモミの木の根っこと、枯れて落ちたモミの木の枝ばかりです。

私はぞっとして空を見上げました。

でもそこにあるはずの、あの夏の青い空もまた、そこにはありませんでした。あるのは、モミの木が四方八方から伸ばしている、濃くて厚い緑の枝々ばかりです。モミの枝が何重にも重なり合っているだけで、空なんてどこにも見えません。こんなに高いモミの木たちを見たのは初めてです。

不気味なモミの木たちにすっかり囲まれてることに気がついて、私は体がぶるぶる震え始めました。ヘイドナもアユーもネイも、女の子達は皆とっくにぶるぶると震えています。ヌッラとインテはこらえているようですが、インテはもう顔が真っ青です。

ネイとアユーは手をつないで、不安げに周りをキョロキョロと見回しています。

どうしてこんなふうに一人で、こんな恐ろしい森の、こんなに奥まで入ってきたりしたの?とヘイドナが言いました。

私はまだ、森の入口にいたんだよ、と言いましたが、ヘイドナも他の子達も信じてくれません。

だって僕たち、森の入口から、シャスティンを探して、随分長い間走ったんだよ。それでさっき、道の外れにシャスティンの姿が見えたからやっと捕まえることができたんだ、とヌッラが言いました。

不思議な食い違いです。どうしてこんなことが起こるんだか、私にはどうしても判りません。でも、とにかくこの森は不気味ですし、どうやら邪悪な気持ちを、私たちに持っているみたいです。

私はもうこの食い違いについては考えずに、とにかくあなたたちのやってきた道に戻ろう、と言いました。

皆、一も二もなく賛成しました。

ヌッラが先頭に立って歩き始め、私はヘイドナと手をつないで、その後に続きます。アユーとネイとインテも遅れないようついてきます。

でもヌッラがどこまで歩いても、道らしいものは見えてきません。

あれ?おかしいなあ、この辺にあるはずなんだけど、と言いながら、ヌッラは周囲をうろうろとしてみますが、やはり道は見つかりません。

やっぱり、と私は思いました。この森は、私たちから、道を隠してしまったんだ。私たちを、この森の中で、迷子《まいご》にさせるつもりなんだ。

私は怪物がこの森にいることが確かだと思いました。そしてこの森も、怪物の味方らしい、と思いました。私の味方は、ここにいる五人の子供たちだけです。

ネイとアユーが二人揃って泣き始めました。インテも涙を浮かべています。ヌッラとヘイドナも泣きそうになるのを必死に我慢しているようです。

私がしっかりしなくてはいけないんだ、と思いました。この子達をこの森に引き込んだのは私です。この子達を森の外に返してあげなくてはならない、と私は決心しました。そのためには、森に負けては駄目です。

皆、唄《うた》おう、と私は言いました。そして私が最初に唄い始めました。

死ね死ね死ね死ね死ねお前ら皆《みな》死ね
全員死ね死ね　今すぐ死ね死ね
この森からは出られない
誰もここから出られない

皆がキャーッと悲鳴をあげなかったら、自分が何を唄っていたのか、私には判《わか》らなかったでしょう。

何だったんでしょうか、今の歌は？

私には、もちろんそんな歌を唄うつもりはありませんでした。私はもっと明るくて、皆を元気付けるような歌を唄うつもりだったのです。それがどうしてあんな歌になったんでしょう？

もうインテも泣き出してしまいました。

ヘイドナもそろそろ限界です。もう！と言って、私の肩を叩《たた》いて、真っ赤になった目のふちから、大きな涙がぽろぽろとこぼれ始めました。悪ふざけをしないでよ、シャスティン！と言われましたが、私はわざとあんな歌を唄った訳ではないのです。

僕が唄うよ！と言って、ヌッラが唄い始めました。

今から一人　友達が死ぬ

これから一人　お前ら選べ
死んでもいい奴《やつ》
今すぐ決めろ

皆がまたキャーッと悲鳴をあげました。今度は私も一緒にキャーッと叫んでいました。

やめて！

と私は言いましたが、ヌッラの真っ青になった顔を見て、ヌッラにも私と同じ事が起こったんだと判りました。ヌッラだって、あんなふうな歌を唄うつもりはなかったんでしょう。

うわーんと泣いていたアユーが、ネイ〜、と名前を呼んでネイに抱きつこうとした時、そのネイの体がふわりと宙に浮きました。

ネイが空中で悲鳴をあげました。私たちもビックリして金切り声をあげました。泣いているネイが、空中高く上がっていって、モミの木の枝の向こうでいったん止まり、それからぐるぐると回って、今度は森の奥のほうへと飛んでいきます。

ネイーッ！

ヌッラが叫び、飛んで行くネイを見上げながら追いかけ始めました。私たちもヌッラを追いかけます。

でもネイの飛んでいく速度が速すぎて、私たちの足では追いつきません。泣いているネイの悲鳴が遠ざかり、ネイの姿と一緒に消えました。

ネイーッ！

ヌッラが呼びますが、ネイはもうどこにも見えません。

次に死ぬのは　誰にしようか
次に死ぬのは　も少し痛いぞ
次の奴には　も少し長く
苦しめて苦しめて苦しめてから殺してやるぞ

唄っているのはアユーでした。

アユーも自分が唄っていることに気づいている様子はありません。アユーは涙をぽろぽろとこぼしています。泣き声をあげているつもりが、あの歌になったのでしょう。

やめてよアユー！とインテが言って、今度はアユーの体が宙に浮きました。

そして悲鳴をあげている私たちの目の前で、ワンピースから伸びるアユーの両足の、膝から下が、ブッリといきなり取れました。地面に立ってる私たちの上に、アユーの膝から噴き出した赤い血が、さあっと雨のように降りかかりました。

私たちはもう悲鳴にもならない悲鳴をあげて逃げ惑いました。そうしているうちに、空中で泣き喚《わめ》いているアユーの体はすうっと上昇してから、また森の奥へと飛んでいきます。でももう誰も追いかけようともしません。

ボトリボトリと音がして、見るとアユーのちぎれた両足が、地面に落ちています。でもそれは不思議な光景です。空中から落ちたアユーの足が、まるでまだアユーがそこにいるように、地面にしっかり立っているからです。裸足《はだし》のアユーの両足は、それから私たちのほうに駆け出しました。

私たちはまたビックリして、四方八方に逃げ出しました。アユーの足は、でも私たちには構わず、まっすぐ森の奥へ、アユーの体を追いかけるようにして、ペタペタペタペタと走っていきました。

何が起こっているのか、もう何も考えられなくなりました。私はこの森に入ったことを心底後悔しました。

オッレはもう見つからないでしょう。ネイもアユーも、もう見つからないでしょう。それどころか私たちも、これから森の外に出られるかどうか判りません。

私の手を握って震えているヘイドナが、泣きながら口を開き、何かを言いかけました。

駄目、と私は思いましたが、もう遅すぎました。

お次はもっともっと痛いぞう
今度はもっともっと苦しいぞう
早く早く死んだ方がマシだぞう
早く早く死んだ方が楽だぞう

私とヌッラとインテが目を合わせました。インテが私とヌッラに、言葉にならない訴えを告げて、それから私とヌッラが黙っていると、インテが慌《あわ》てなくてもいいのに、慌てて言いました。

僕！

でもインテには何も起こりませんでした。

ヌッラが言いました。

名前言わなきゃ駄目なんだよ。

インテがヌッラに言い返しました。

黙っててよ、ヌッラ！

あっ、と皆が思いました。

ヌッラの体が宙に浮かび、ヌッラの、やめろー！という大声が、モミの木の森に高く上りました。それから私たちの真上で、ヌッラは二本の腕と二本の足を取られました。悲鳴をあげる暇もなく、ヌッラの体は森の奥へシュウッと消えていきました。落ちてきた両腕と両足も、四つんばいの格好でヌッラの体を追いかけました。

私たちはもう息もできませんでした。

ヘイドナは目を瞑《つぶ》って体をじっと固まらせています。

インテは白目をむいて震えていましたが、ヒクヒク喉《のど》を鳴らしながら立ち上がると、小さな声で、インテ、と自分の名前を言いました。

インテは宙に浮かび、二本の腕と二本の足を取られ、それから体を思い切りひねって、腰をねじ切りました。インテの血と、お腹から出てきた長細いものが、ボタボタボタッと地面に落ちてきました。インテの体はまた森の奥に消え、インテの両腕と両足とお尻《しり》が、また森の奥へ、インテの体を追いかけて消えていきました。

とうとう残ったのは私とヘイドナの二人だけです。私は泣いているヘイドナに向かって、自分の唇に人差し指を当てて見せました。

とにかく口を利《き》いてはいけないようです。ここの森の中では、私たちの声は、もう私たちのものではないようです。

ヘイドナは涙を静かに目から流しながらも、口をギュッとつぐみました。

私はヘイドナに頷《うなず》いて見せ、それから四人が消えた森の奥とは、逆の方向に、そっと歩き始めました。ヘイドナも私と手をつないだまま、すぐ後ろを歩いてきます。

森の地面はとても歩きにくいものでした。モミの木の根と、モミの木の枝と、モミの木の枯れ枝が、いろんな形で私たちの足を引っ掛けようとしているみたいでした。

そして私の後ろでヘイドナがモミの木の枯れ枝の一本を踏んづけたとき、その音がこう響きました。

さて

私とヘイドナはビックリして立ち止まりました。私は悲鳴をあげてしまうところでしたが、ヘイドナも同じだったようです。ヘイドナは口に手の平を当てて、必死に声を殺しています。

ヘイドナが、踏みつけているままの枯れ枝から、自分の足をどけようとしました。すると枯れ枝が地面の上を転がって、ガザリという音の代わりにこう言いました。

次は誰

この森では、もう物音ですら、あっちの持ち物らしいのです。怪物の、あるいはこの不気味な森の、持ち物みたいなのです。

ヘイドナがぶるぶると首を振ったかと思うと、手を口に当てたまま走り出しました。ヘイドナの足が枯れ枝を踏むたび、地面の上の石を蹴《け》って転がすたび、モミの木の枝を揺らすたびに、歌が聞こえました。

さて次は誰
さて次は誰
さてお次に死ぬのは
誰がいい
ほらどうするの
ほらどうするの
最後に死ぬより
痛くない

何て歌！

でも、私とヘイドナが口を利かなければ、名前を言いさえしなければ、大丈夫なはずです。

私も手の平で口を塞《ふさ》ぎ、ヘイドナを追いかけました。

私の足音も、全て歌になっていきます。

最後はほんとに辛《つら》いんだ
最後が一番嫌なんだ
今ならも少し平気だし
今ならも少し楽なんだ

みんな死ぬ死ぬ死ぬ死ぬ死ぬ死ぬんだよ
すぐに死ぬ死ぬ死ぬ死ぬ死ぬんです
どこまで逃げても逃げ切れず
どこかでどうせ死ぬんです

どこまで　逃げるの？
どうして　逃げるの？
いつまで　逃げるの？
逃げ切れると思ってるの？
逃がさないったら逃がさないったら逃がさない
殺す殺す殺す殺す　絶対殺す

逃げれば逃げるほど痛みが増える
逃げれば逃げるほど苦しみ増える
どんどんどんどん辛くなる
どんどんどんどん痛くなる

私もヘイドナも必死に口をつぐんだままで、森を一直線に走ります。でもなかなか森の出口は見えてきません。森の中を通っているはずの道も、どこまで行ってもちっとも見当たりません。

それでも黙って走りつづけて、そうしているうちに、ようやく森の向こうに、一点の明かりが見えました。森の出口です！

やった！

私とヘイドナは、その明るい点の方向へ向かって走り出しました。

あそこに太陽があるんだと思うと、引っ込んでいた涙がまた浮かんできました。どうやらヘイドナも一緒です。

でも流れる涙も、自分の口を手の平で覆《おお》って走る間は拭《ぬぐ》うことができません。

いえ、涙なんて構いません。

私とヘイドナは涙を流れるままに放っておいて、とにかく遠くに見える明るい出口に向かって走ります。

明るい出口はどんどん大きくなります。確かに私とヘイドナは、森の出口に近づいているみたいです。

私の前を走っているヘイドナが転びました。転んだ音が、歌になりました。

逃がさないぞ！

でもヘイドナは怖気《おぞけ》に震えながらも口を開かず、すぐに立ち上がって、私の後ろを再び駆け始めます。

私も地面の根っこと枯れ木と、目の前に突然現れるモミの木の枝を除けながら、必死で走りつづけます。

森の出口が近づいてきて、外の風景も見えてきました。いつの間にか私とヘイドナは、森の外へと続く細い道を走っています。その道の向こうにはお日様の光が当たっています。緑の草も生えています。

あともう少し！

でもここで、私はふと、さっき、森に入ってきたときの、不思議な体験を思い出しました。

すぐそばに、足を踏み込んだばかりの森の入口があると思っていたのに、でも実は、私の立っていたところは、森のずっと奥深くだったのです。私はいつのまにか、森の奥までつれてこられていたのです。

ここは不思議な森です。音も、そして場所も、私が思うようにはできていないのです。

今あそこに眩《まぶ》しく見える、あの森の出口だって、本当にそこにあるのでしょうか？

私は立ち止まりました。

私を追い抜くヘイドナを見て、私は手を伸ばしてヘイドナも止めようと思ったのですが、走るヘイドナには手が届きませんでした。ヘイドナはそのまま出口に向かって走りつづけます。ヘイドナの足音が全部歌になっています。

死ね死ね死ね死ね死ね死ね死ね死ね死ね

だからヘイドナは、私が立ち止まったことに気がついていません。

私が一歩だけ、前に足を踏み出しますと、その足音も、また歌になりました。

よく気がついたな

やっぱり！

前を見ると、ヘイドナが今、森の出口を抜けるところでした。

ヘイドナ！

でも声を出すことはできません。

ヘイドナ！

名前を呼ぶことはできません。

ヘイドナ！

ヘイドナは今、森から一歩外に足を踏み出して、まぶしいお日様の光を浴びました。

白い明かりが、ヘイドナの肌を照らします。緑色の草の上をもう少し向こうまで走って、それからヘイドナは、喜びに包まれた表情でこちらに振り返りました。

その様子はヘイドナが本当に森の外に出られたふうにしか見えませんでした。

でもこちらの方を向いたヘイドナの顔が、喜びの笑顔を一瞬にして失うのを見て、私はやっぱり、と思いました。

森の外に出たはずのヘイドナの、全身に降り注いでいたはずのお日様の光がぱっと消えました。原っぱも消えました。そして森の向こうだったはずの光景が、ヘイドナを包みこむようにして、森の中に変わりました。ヘイドナは外に出られてはいなかったのです。この恐ろしい森自身によって、森の外に出られた、と思わされていただけなのです。

キョロキョロと周りを見てから、ヘイドナが顔をこちらに向けました。

その顔の恐ろしさに、私は全身の毛が逆立つ思いでした。

ヘイドナは白目をむいて、口元にあてていた手をぶらりと下にさげ、口をなかば開いたままで、歯の奥にダラリとした舌を覗《のぞ》かせています。

ヘイドナの鼻の両方の穴から血がタラリと出て、顎《あご》まで伝いました。

ヘイドナの白目が真ん丸くなり、それからヘイドナは、自分の手で自分の喉《のど》を絞めました。

それからヘイドナは、ヘイドナヘイドナヘイドナヘイドナ、と自分の名前を繰り返し言いました。

宙に浮かんでも、ヘイドナは自分の名前を繰り返し言っていました。

でも両腕と両足がちぎれ、腰がねじ切れ、それから首がぐるりと回って取れたとき、もう自分の名前は言えなくなりました。

首だけが森の奥へと飛んでいき、ヘイドナの両腕と両足と腰と体が、ちゃんと揃《そろ》って四つんばいの格好を作り、飛び去った首を追って森へと消えようとしたとき、私はそのバラバラのヘイドナの体に飛びつきました。

どうせ森を出ることはできない、と私は悟りました。出れたように見せられて騙《だま》されるだけで、本当に外に出ることはできないんだ、と私は知りました。

だから私はもう森の外に出ることは諦《あきら》めよう。オッレを探しにいこう。私のお兄さんを、ちゃんと見つけてあげよう。

そしてオッレは、私が思うに、みんなの体が飛んでいった場所と同じところにいるはずなのです。そこがきっと、体を切られた子供たちが集められる場所なのです。

私は切れた腕と腰との間に上手《うま》い具合に浮かんでいるヘイドナの体の、背中の上に乗りました。頭がなくて、切れた首からも肩からも腰からも血が流れていて、とても気持ち悪いけど、でも仕方ありません。ヘイドナのバラバラの体が四つんばいになって走る速度はとても速いのです。ヘイドナから下りたとしたら、私の足ではとても追いつけません。

私は気味の悪い馬に跨《また》がって森の奥へ奥へと向かっていきました。

モミの木はどんどん緑を濃くして、ほとんど真っ黒になってきます。すると森全体が深い深い暗闇《くらやみ》そのものになっていくみたいです。横を見ても上を見ても、私には暗いモミの木の枝の影が重なってる様子がなんとか判《わか》るくらいで、空もお日様も、明かりを放つものは何もありません。動物だって一匹もいません。鳥も虫も何もいないのです。モミの木以外の植物だって生えていないみたいです。ここは子供に悪意を持っているモミの木だけが生えている森なのです。声も音も、ここではまともに響きません。

もうどれくらい深くまで、森の奥に入ってきたんでしょう。森の外はまだ昼の早い時間のはずなのに、森の中の私の周りはもう真っ暗です。モミの木と別のモミの木の境もほとんど判らなくなりました。

でもその暗がりの中を、首のないへイドナの体は四つんばいのまままっすぐに走っていきます。

バタタッバタタッバタタッというへイドナの手足が地面を蹴《け》る音が、また声に変わりました。

最後　最後　お前が　最後
一番　苦しい　一番　痛い
辛い　悲しい　厳しい　険しい
殺す　殺す　ゆっくり　殺す
最後　最後　死ね　死ね　死ね　死ね
お前は誰だ　名前は何だ
今すぐ教えろ　今すぐ教えりゃ
殺すのちょっと　待ってやる
苦しみちょっと　減らしてやるよ
お前で最後　どうせ死ぬ
必ず殺す　お前も殺す
ゆっくり殺す　じわじわ殺す
手と足切って　頭をもいで
お腹《なか》を割って　中身を出して

じっくりゆっくり　死なせてやるよ
なかなか死ねない　お前を眺めて
げらげらへらへら　笑って踊る
楽しみ楽しみ　苦しめ苦しめ
死ね死ね　ゆっくり　死ね死ね死ね死ね

私はヘイドナの肩を掴《つか》んでいて、自分の耳を抑えることもできなくて、それを聞いているしかありませんでした。恐ろしいその声を聞きたくなくて、自分の声でそれを遮《さえぎ》ろうとしましたが、自分の口からどんな言葉が出てくるか判らないので、そうすることもできません。ただひたすら口を閉じて、森の怪物の言葉を我慢して聞いているしかありません。

さらに森の奥深くに行くと、まっすぐまっすぐ走りつづけた首のないヘイドナが、突然ゆっくり右に曲がり始めました。すると今度は、ずっと右へ右へと曲がりつづけます。私を乗せたまま、ヘイドナは暗いモミの森の中でグルリと時計回りに大きな円を描くような格好になりました。一周回り、二周回り、それでもヘイドナは走るのをやめません。三周回り、四周回り、五周目を回り始めます。でも気がつくと、ヘイドナの描く円は、どんどん小さくなってきています。一度通ったモミの木の脇《わき》が見えると、ヘイドナは今度はその内側を通ります。そうして大きな渦巻きを描きながら、ヘイドナと私はどこに辿《たど》り着くのでしょう？

私は目を凝らし、ヘイドナの描く渦巻きの中心を見ようとしましたが、でも暗くて遠くて、モミの木が邪魔をして、どうしてもそれが見えません。

ヘイドナの足音はもう同じ言葉のくり返しです。

死ねーっ死ねーっ死ねーっ死ねーっ死ねーっ死ねーっ死ねーっ死ねーっ死ねーっ死ねーっ死ねーっ死ねーっ死ねーっ

すごいスピードでぐるぐる回る、首なしのヘイドナの背中から、私は飛び降りました。私は地面の上を勢いよくゴロゴロと転がり、モミの木の一本に当たって止まりました。打ち付けた背中と肩がとても痛いけど、痛い、とも言えないし、うめき声をあげることもできません。

私は体の痛みを我慢して、なんとか立ち上がりました。それからヘイドナがゆっくりと向かっているはずの、暗いくらい渦巻きの中心へと、私は歩き始めました。モミの木の枝が私の顔に当たって痛いのですが、それが当たるまでは、モミの木の枝がそこにあるなんて判らないほど、暗い森の中です。私は両手を前に突き出して、ゆっくりゆっくり渦巻きの中心の方へと歩いていきます。

…死ねーっ死ねーっ死ねーっ死ねーっ死ねーっ死ねーっ死ねーっ死ねーっ死ねーっ…

ヘイドナの足音が私の背後をぐるりと通過していきます。

私は構わず暗闇の中を進みます。

モミの木の根っこや、枯れ枝を踏みつけるたびに、私の胸がドキッとします。ヌッラやインテ、アユー、ネイの、森の奥へと飛んでいった死体を、踏んでしまったんじゃないかと、冷や冷やするのです。そんなことをしてしまったら、私は悲鳴をあげずにはいられないでしょう。踏んでしまった子供に対して、謝らずにはいられないでしょう。そしてどんな言葉でも、私が声を発したときには、それは私の名前になって、森に響き、私はヘイドナの足音が言うような、長くて辛くて苦しい死に方をさせられるに違いありません。

私はぶるぶると震えています。でも私は渦巻きの中心を目指します。そこに何があるのか、見ないわけにはいかない気がするのです。きっとそこにはオッレがいて、オッレもまた、他の子供達と同じように、体を切られているでしょう。手や足だけでなく、首も切られているかもしれません。なんて恐ろしいことでしょう。私はそれを見たら、そこでも悲鳴をあげてしまうと思います。そしてそこでオッレと同じか、もっと酷《ひど》い殺され方をするのです。

でも構いません。私はオッレを探しに来たのです。オッレを見つけてからなら、死んでも、もう、しょうがないと思います。

あれ？

見ると、暗いモミの木の森の奥の、私が目指す方向に、一本、ゆらゆらと動く、周りのモミの木より小さめの、細い、奇妙なモミの木が見えます。

たくさんの枝がわさわさと上下左右バラバラに動き、幹がグネリグネリと曲がっています。

いいえ、あれはモミの木ではありません。

真っ暗な森の中ですから、近くに来るまでわかりませんでしたが、それはモミの木なんかじゃありませんでした。

それは、人のようでした。

奇妙な形をした、人です。

その、「人」とは思えない生き物は、一つの胴体に、たくさんの腕を生やしています。足もすごく長いし、胴もすごく長いのです。

どうやら、その足は、たくさんの人の足が輪切りにされて、縦に並べられて、くっつけられて、長く長くなっているようです。

胴体も、人の胸や腰やお腹がたくさん重ねられて、長く長くなっているみたいです。

その長い胴体の両脇に、いろんな人の腕がくっついています。

胴体だけ見ると、立ち上がった、大きな、気味の悪いムカデのようです。

でも足が胴体と同じくらい長いので、ムカデではなくて、やはり人の形のように見えます。

頭だってちゃんとあります。

私はしかし、そこで頭を見上げて、悲鳴をあげる前に、気を失いそうになりました。その頭もまた、たくさんの人の顔が集まってできているのです。たくさんの頭が丸く固まって、一つの頭になっているのです。それぞれの顔が外側を向いていて、それぞれにいろんな表情を作っています。

あまりの恐ろしさに、私はその場で体が凍り付いてしまいました。

森の怪物に違いありません。でもその体は、この森でその怪物が殺した、子供達の体でできているのです。

私が怖いのは、しかしその怪物の、異様な姿などではなくて、その怪物が子供達の体でできていると知って、その体の中にヌッラとインテとアユーとネイがいるんだと知って、きっとあの頭の中にもハデブラ村の子供達の顔があるんだと思って、じゃあ私もその仲間に入ってもいいかな、と思ったことでした。

一人でこうしてぶるぶると怯《おび》えているより、その怪物の体の一部になった方が、何となく楽な気がしたのです。

でもそんなことないわ！と私は思いました。あんな怪物の体になって、ヌッラやインテたちが嬉《うれ》しかったとは思えないもの！

見ると、頭を作っているたくさんの顔は、苦しみに歪《ゆが》んでいるのがほとんどです。

怪物は、ああやって自分の体に子供達を取り込んで、そうしてゆっくりと、その子供達を殺しているのでしょう。

ゆっくりゆっくり、じわじわと、苦しめながら、痛めつけながら、怪物はあの子供達を殺しているのです。

いけない。やっぱりあの怪物に捕まってはいけない、と私は思いました。そして決心しました。

あの怪物を、ここで倒してみせるわ。

あの怪物の中で、苦しみながらゆっくりと死んでいく子供達を、私が救ってみせるわ。

でもそうするにはどうしたらいいのでしょう?

私は体も小さいし、何も持っていません。力もないし、それどころか、体だって恐ろしさのあまり固くなって、動こうとしないのです。息をすることすら難しいほどです。

私に何ができるのでしょう?

私は途端に途方にくれました。

自分の弱さが悲しくて仕方がありませんでした。ハデブラ村でも学校でも、シャスティンはしっかり者だしっかり者だと言われて、自分でもそうだと思っていたけど、この森の怪物を目の前にした今、私は自分が皆と同じで、非力で、知恵もなくて、何もできなくて、もう死ぬしかない、たった一人の子供に過ぎないと実感するのでした。

…死ねーっ死ねーっ死ねーっ死ねーっ死ねーっ死ねーっ死ねーっ死ねーっ死ねーっ死ねーっ…

ヘイドナのバラバラの体が、また四つんばいで私の後ろを駆け抜けていきます。渦巻きの中心に立つあの怪物まで、もうあと少しです。描く円も小さくなってきて、すぐにヘイドナも、あの怪物の体の一部になってしまうでしょう。

そのときです。

シャスティン！

私の名前が呼ばれました。

シャスティン！

見上げると、怪物の頭の、たくさんの顔の中に、ヘイドナの真っ白な顔があります。

さっき流した鼻血もそのままになっています。そのヘイドナが、私のほうを見て、私の名前を呼んでいます。

シャスティン！

ここよ、ヘイドナ！と言いたかったけど、私は声を出すのが怖くて、言えません。

シャスティン！私の体に乗って！

ヘイドナに言われ、私は戸惑いました。

またあれに乗れと言うの？無理よ、ヘイドナ。ひどく速く走ってるんだもの。

シャスティン！私の体に乗って！

また言われたとき、ちょうど私の後ろを、ヘイドナの体が通り過ぎていきました。

…死ねーっ死ねーっ死ねーっ死ねーっ死ねーっ死ねーっ死ねーっ死ねーっ死ねーっ死ねーっ…

とても無理です。体が怯えてしまっていて、手も足も動きません。

シャスティン！頑張れ！

そう言ったのはヘイドナではありませんでした。見上げると、ヘイドナの顔のそばに、ヌッラの顔があります。

シャスティン！ヘイドナの体に飛び乗るんだ！

インテもいます。

シャスティン！

シャスティン！

アユーとネイもいます。

今よ！

ヘイドナの掛け声を聞いて、私自身にも信じられないことに、やってきたヘイドナの体に、私は飛びついていました。


死ねーっ死ねーっ死ねーっ死ねーっ死ねーっ死ねーっ死ねーっ死ねーっ死ねーっ

振り落とされないように、私は必死にヘイドナの背中にしがみつきました。ヘイドナの体は物凄《ものすご》いスピードで走っています。私はヘイドナの体の上に乗って、渦巻きの中心にいる怪物の体を、円を描きながら睨《にら》みました。

私の目に涙が浮かびました。あの憎い怪物の中に、私の大好きな友達たちがいます。今私が頑張って抱きついている、この、私の親友、ヘイドナの体も、これからあの怪物の一部になってしまうのでしょう。

怪物の周りをぐるぐると五周くらい回った後、とうとうヘイドナの体は怪物の足元にやってきました。私はこれから何が起こるのか判《わか》らなくて、とにかくヘイドナの背中の上で、体をじっと固めていました。

さあ！こっちよ！

上のほうでヘイドナの声がしました。

すると、なんと、ヘイドナの体が怪物の体に飛びつき、掴《つか》んだ怪物の片足をぐいぐいと攀《よ》じ登り始めたのです。私はヘイドナの肩に捕まりましたが、ヘイドナの首がないせいで、手を滑らせて落ちそうになりました。

シャスティン！しっかりつかまっていて！

ヘイドナがまた言いました。

私はヘイドナのお腹《なか》に手を回し、力をこめて抱き締めました。

ヘイドナの体が怪物の足を登りきり、胴体に達しました。たくさんの手が、私のほうに伸びます。

私は悲鳴をあげたくなりましたが、そこに、私を捕まえようとする手とは別に、私に摑みかかろうとする手を払いのける手が現れたのです。

シャスティン！大丈夫だ！僕が守るよ！

それはインテの声でした。

では今の優しい手は、きっとインテのものだったのでしょう。

シャスティン！僕も守るよ！

ヌッラの声も上から聞こえます。

そして私に襲い掛かってくる手を、二人の手が順々に払いのけてくれます。おかげでヘイドナの体は胴体を上へ登って行くことができます。

ヌッラとインテの手があるところを通り過ぎると、アユーとネイが代わりに私を助けてくれます。

恐ろしい手と戦うアユーとネイの手の頼もしいこと！

ありがとう！ありがとう！

私は声にならない感謝の言葉を何度も何度も繰り返しました。

これから自分が何をしたらいいのか、判りません。でも今やっていることが、正しい、今やるべきことであることだけは判ります。何故《なぜ》なら私の大好きな友達たちが、私を助けてくれているからです！

ヘイドナの体はどんどん上へ登っていって、怪物の頭の近くまでやってきました。ヘイドナの体は、襲い掛かる腕を逃げ抜けると、その大きな頭に飛びついて、たくさんの子供の顔の、鼻やら口に手とつま先をかけて、強引に登っていきます。

シャスティン！ありがとう！

シャスティン！もう少しだ！

シャスティン！

シャスティン！

ヘイドナの体にしがみつく私のそばに、ヌッラやインテやアユーやネイやヘイドナの顔がありました。私はでもその子たちにキスをする間もなく、怪物の頭の上に辿《たど》り着いてしまいました。怪物の頭の天辺《てっぺん》に来ても、モミの木のほうが背が高くて、森の天井はまだずっと上です。下を見ると頭がくらくらするくらいの高さなのに、まだまだずっと、モミの木の森のほうが、高いのです。

これからどうしたらいいのでしょう？

この怪物を倒すには、どうしたらいいのでしょう？

シャスティン。

この声は！

私はヘイドナの体から下り、怪物の頭の上に乗りました。

見ると、そこには私のお兄さん、オッレの顔があります！

オッレ！

私は声をあげそうになりましたが、しかしそこでもこらえました。代わりに目から

涙がボロボロこぼれます。

シャスティン、泣くな。

シャスティン、泣いていては駄目だ。

でも、と私は思います。泣かずにはいられないんです。

オッレの真っ白の顔には、オッレの感じている苦しみと痛みがはっきりと現れてい

ます。冗談ばかり言って笑っていた、元気なオッレが、こんな風になってしまうなんて！

シャスティン、今から、この、怪物の頭の中に入るんだ。

オッレの言う意味が判りませんでした。

シャスティン、早く。頭の中に入って、この怪物を飲み込むんだ。

でも怪物の頭の中に入ることは、その怪物を飲み込むんじゃなくて、その怪物に、飲み込まれることになるんじゃないのかしら？何を言っているの？オッレ！

混乱したままで首を振って、泣いているばかりの私に、またオッレが言います。

シャスティン、大丈夫だ。この怪物の頭の中に入ることで、この怪物を飲み込むことができるんだ。

何のことでしょう！

どういう意味なのでしょう！

私にはこの怪物を飲み込むことなんて、到底できそうには思えません！

シャスティン、さあ。

私はたまらず、どうやって？と訊《き》きそうになりますが、それもこらえるしかありません。ああ、声を発することができないなんて！

私は涙を拭《ふ》き、それからオッレの顔を見て、口を動かして、声を出さずに、

どうやって？

とだけ訊きました。

するとオッレが口をあんぐりと開き、

こうやってだよ！

と言い、それに合わせて、私の後ろにいたヘイドナの体が、私の頭をぐいと下に押し付け、オッレの口に、私の顔を入れました。

怪物の頭の一番上で、私はオッレにパクパクと食べられ、飲み込まれていきました。

グルグル魔人

ウンコパン三世。ウンコパ〜ン、デ、デレッデ。ウンコちゃ〜ん。や〜ねウンコパン駄目よウフフこんなところで。うっしっしっしっし。もうた〜まらないのよウンコちゃ〜ん。駄目〜ん。待て待て待て待てウンコパ〜ン！い〜けねまたウンコのとっぁんだ。ウフフまたねウンコパ〜ン。あ、ち〜きしょうウンコの野郎ま〜た裏切りやがったな。おいウンコパンやばいぞ。いけねえ逃げるぞウンコ次元。あれ、ウンコ五エ門どこだ。やつぁとっくに逃げたよ。もう逃げ足速いんだからなあ、武士のくせに。

腹減った。

ファミマまで遠いんだよなクソ。

ウンコパ〜ン、デ、デレッデ。

まあっかな〜ウンコは〜あいつの〜唇〜優しく〜抱きしめて〜くれよ〜ル〜パン〜じゃなくて、ウンコ〜パン〜。

「ババアなんか飯ある？」

《あ、ご飯？じゃあ今からなんか作るね》

「今から作るじゃねーんだよ俺今腹減ってんだよ」
《待って待って。ちょっと見てみるから》
「はやくし〜ろ〜よ〜。ったくだらだらしてっとぶっ殺すぞクソババア」
《待って待って》
「…飯、あった？」
《ジャーの中には、ないねえ》
「ジャーの中にはじゃねえよくそが、コラ。てめえなんで何も用意してねえんだよ」
《ごめんなさい。だってあんた…》
「あんたじゃねんだよ！英雄《ひでお》様だろコラ！」
　ゴルァ！
《ごめんなさい英雄様英雄様》
「舐《な》めてんのかよゴルァ！」
《天の声》書き込むぞゴルァ！
「てめえ主婦だろゴルァ！ああ？何で飯ぐれえちゃんと用意できねえんだよ！働けよちゃんと！人としてえ！ああ？」
　働かない奴《やつ》に用はないからね〜動物にしちまうよ〜千尋《ちひろ》〜豚がいいかい〜？

つって、ま〜たこの豚はちょっと俺が声あげるとすぐ黙る。うぜーんだよ。そのびくついてるのがまたうぜ〜の。死ねよ豚豚。

「あのね、殺すよ？しっかり働かないと。ね？せっかく飼ってんのに、てめえだけ餌《えさ》食ってお腹《なか》いっぱいで、な〜んで英雄様のお食事ないんだっつの」

《すいません》

「おっしゃ、今から外行って、買い出しね。俺カレー食いたい。なんか辛いの。十秒で戻ってこなかったらワンペナね。あと一秒ごとにワンペナずつ増えるから」

《そんな》

「はい、よーい、スタート」

《ちょっと…》

「いーち、にーい」

おらおら働け豚ァ！死ねえ！いや、俺んところカレー持ってきてから、死ねえ！

「ごーお、ろーく」

うわ、この豚マジで動作にびー。

「きゅーう、じゅーう」

はいワンペナね。

ウンコパ～ン。デ、デレッデ。

うほ、灰皿後頭部直撃したくせー。頭あれ、吸殻と灰でムチャクチャ汚ねーじゃん。よく外出てったな。ババアもう女っつー自覚もなくなったか。あー、つーか最悪だ～。あ、灰かぶり姫じゃん?シンデレラ～。うちのカーちゃんシンデレラ～とか言ってうぜ～。

腹減った～。

クソババなんかホントね～のかよ～。カップラーメンの一個くれ～あんだろ～。ねーじゃん。マジでねーよ。ありえね～。カップラーメンが一個もねーなんて、ちょっとおかしーよこのウチ。マジで、ありえね～。

カレーかあ…もっと別のもんも買ってこさせりゃよかったよ。

カップ麺《めん》～。あーなんかカップ麺の方が食いたくなってきた。でもな～。カレーもな～。あ～でもやっぱカレーの方が栄養あるからカレーだな。

腹減った～。

あーマジなんでもよくなってきた。腹減りすぎ。あー。

だりい。

《天の声》見てこよ。

ウンコパ〜ン。デ、デレッデ！

ウンコパンウンコパンウンコパンウンコパン・ザ・サ〜。ウンコパンウンコパンウンコパン・ザ・サ〜。デレッテッテ〜デレ・デレッテッテ〜デレ・デ〜ンデ〜ンデ〜。にょわ〜んにょわ〜、ねれねれねれねんね〜ん。

お、レス伸びてんじゃん。

《神の法廷＊被告＝グルグル魔人＊公判五日目》

神は見ている。犬猫殺しのグルグル魔人よ。人を殺して、お前の罰は死刑と決まった。神の裁きだ。すぐに自殺せよ。

アホだ〜。ひねりが足りね〜。

なんか調布アルマゲドン意味なかったね。

あったよ面白かったっつの。はたから見てて。バカども見るのはいつも楽しい。

調布アルマゲドンで死んだ中学生五人は結局皆冤罪《えんざい》でした。神こそ有罪。神こそがまず死になさい。

もう死んでます。

本物の神がこの世にまだ生きていたら、アルマゲドンもグルグル魔人もなかったんだろうか？

グルグル魔人が新しい神。

そうそう、俺が新しい神。でへへ。

グルグル魔人の降臨はいつ？

まだまだです。

今四つ子ちゃんの解体に忙しいので天の声なんてやってられません。次は五つ子ちゃん、その次は六つ子ちゃんを殺してバラバラにしていく所存です！あ〜忙しい忙しい。天の声、見たいけど見る暇ないよ〜（泣）

見てます。ムチャクチャ見てます。

あ〜確かに調布に四つ子ちゃんとか五つ子ちゃんいたら、俺またやるな。もう一回挑戦するな。絶対やるね。

やっぱ一回こっきりぶっつけ本番じゃ駄目だわ犯罪って。焦《あせ》るもんムチャクチャ。

あ〜ちくしょう超中途半端に終わったなあアレ。もっかいチャンスねーかな〜。

でもしばらくは無理だな。アルマゲドン終わったところだし、こんなタイミングで騒ぎ起こしたら、一軒一軒しらみつぶしに無理矢理家宅捜索とか始める奴らが出てきそうじゃない？そりゃやっぱ危なすぎる。

あ〜。俺の、この、ストレスは、どうしてくれたら、いいのかしら。

ウンコパ〜ン。デ、デレッデ。

あ〜もうマジ腹減った。ババアおせー。

《グルグル魔人被害者吉羽さん宅　葬式実況スレ》にでもまたレスしとくかな〜。

南無阿弥陀仏南無阿弥陀仏。

俺が言った方が絶対効果あるんだろうな、こういうの。成仏《じょうぶつ》しなっせ。お父さんまで死ぬとはね。でも勝手に死んだんだし。可哀想《かわいそう》だけど、まあ、自殺する奴なんかは、何が起こっても、いつか自殺しただろうしね。俺に祟《たた》って、く〜れ〜る〜な〜よ、と。呪《のろ》いお断り。

ナンマイダブ〜ナンマイダブ〜。

なあ〜んまいだあなんまいだあ〜とくらあ、ちきしょー。

腹ーが減って減ってたまりません〜。

ババアーが遅くて遅くてむかつきます〜。

あー、死刑！死刑！死刑！

あー、死刑！死刑！死刑！

英雄様、お母様の具合はどうかしら？

母は、つい最近死刑になりました。

まあ、お気の毒に。

なんのなんの、はっはっは。どうですか、ここは一つ、フェラチオでも。

まあ、どうして私がアンドロギュヌスとお判《わか》りになったの？

綺麗《きれい》な女性には、大抵チンポが生えているものです。

まあ、お若いのに経験豊富なのね。

それほどでもないですよ。それ！

ぱくっ。モブモブモブモブ。ムバー、ベロベロ・リロリロ・ブリュ・ズパッズパッ、クヘ～。よし。フム・レロレロレロレロ・ズリパパパッチュパ。フ。チュピロロ・チュピロロ、シュピーシュピーシロリロ。ふは～。

ああ、いきそうですわ。

いきなさい、何度でも。

リッパリッパリッパリッパ・シヒロロロ。

ああ、そんなにやられると、いく。

シパシパシパシパ・グビイッチパンッ・リロシパリロシパリロシパリロシパ。

ああ、いく、いく、いっちゃう、いきます。

どうぞどうぞ。

ジュオポポジュオポポジュオポポポポポ。

あああああ。

むぐむぐズピリピズピリピ、シポ、もふう。

あら、飲んでしまわれたの？

ええ。

恥ずかしいわ。

いえいえ、マイプレジャーですよ。

あ〜。やあホントマイプレジャーマイプレジャー。ティッシュ足りん。どこだティッシュ〜。ちょっとこの部屋マンガとビデオ多すぎ。ティッシュ埋もれてる。自分の部屋ながらこれ人間の住む場所じゃねーよ。こんなところにいたら、そりゃ気も狂うよなあ。

グルグル魔人はティッシュが欲しい。

どなたかティッシュをいただけませんか。

もういいや、これで拭《ふ》いちゃえ。あややに顔射。うへえ、これいいじゃん。捨てないでとっとこ。これからはティッシュじゃないね。グラビアだよグラビア。目から鱗《うろこ》ってこれね、ダーリン。

あ〜腹減って精子減ってもう減るところないよ俺。あ、あと体重か。ダイエット〜。

ううう〜。元気減った。やっぱこのタイミングに抜くんじゃなかった。なんか気持ち悪くなってきた。やべー吐きそう。

精子臭いから？俺の部屋、イカ臭い？

くせーんだろうなあ。この部屋のイカ臭さを、素敵なガールフレンドに嗅《か》がせてあげたい、カッコ・ハート。

あ〜フェラチオ〜。フェラチオしてえ〜。いっぺんでいいからでっけーチンポしゃぶってみてえ〜。あ〜。

とか言って、あんまり大きかったら、さすがに引くけど。

この間のちびっこじゃあ、フェラチオって感じじゃねーんだよなあ。赤ん坊だから仕方ねえけど。死んでっとチンポ立たねーし。いや赤ん坊のチンポ、死んでなくても立たねーのかも知んないけど。

ううおお〜。フェラチオはまあ、とにかく、どうでもいいとして、とにかく腹減った〜。俺もうカレーのことしか考えらんねーよ。

カツカレー…。カ〜ツカレ〜、カ〜ツカレ〜、カ〜ツカレ〜、イエ〜〜〜イ。って応援してもカツカレー出てこねえし。カツカレー頑張らねーし。二塁打うたねーし。カレーカレーカレーカレー。カ～レ～カレー。辛いカレー。くだんねーし。

あ、やっとだよ!おせーよババア!飢え死にすんだろがコラァ!

おっしゃ!下行ってカレーカレーカレーカレー!

つーか普通のコンビニカレーだし。

「ババア!てめー何普通のカレー買って来てんだよ!カツカレーなかったのかよ!カツカレー買ってこいっつっただろうがよ!」

《あ、はいはい、ごめんなさいね。じゃあ、取り替えてもらってくるね》

「バカ、コラ、ババア、寄越せよ。それはそれで食うんだよ。てめーは今からもっかい行ってカツカレーゲットな」

《そんな。そんなに食べられるの?》

「うるせーな。食べれんだよ!俺今ムチャクチャ腹減ってんだよ!」

《判った。判りました。そんな大きな声出さなくてもいいから…》

「うっせーんだよババア!でけえ声出してーときに俺はでけえ声出すんだよ!うわあああああ!きゃあああああああ!」

《判ったから、英雄、落ち着いて》

「うっせーんだよババア。ったくよー。いいから早くカツカレーな。あ、ちょっと待て、てめーそこ動くなよ。ほら、そこ立ってろ。そっち、そう。ドアの方飛ぶなよ、ガラス割れっから。よっしゃ、そ～れいくぞ、カツカレーを買ってきて欲しいという、俺の願いを託したギャラクティカ・ファントムキック！そ～れ！」

うほ～ババア飛ぶなあ。骨軽くねえか。ボキボキ折れそうだ。カルシウム取れよ～。ま、取らなくてもいいけど。カツカレー買ってきたら死んでいいぞ豚。カツカレー買ってきてからね。

あ～腹減った。カレーカレーカレーカレー。カレーちゃん、いや～ん。うおっし。カレー美味《うま》い。うめーこれマジうめー。やっぱ待ってた効果あった?すげー。やっぱお腹空かせてるときは、何でも美味いよなあ。空腹は最高の調味料。うめーうめーうめーうめー。

量足りねー。

うお、食い終わった。はえー。マジ足りねー。俺の胃袋まだがら空きだぞこれ。カツカレー頼んどいて良かったなあおい。

カツカレー楽しみ。カ～ツカレーカツカレ～。ふふっふふふふふふ～ふ。

グルグル魔人はカレーをご所望だ。グルグル回ってグルグルカレー。右回転！左回転！いちにのさ～んでグルグル大回転！

萌《も》える～、チンポの～、赤いトラクタ～。それがチンポの～もにょ～へろ～。あ～。なんか待ってるうちにお腹《なか》一杯になってきた。ど～でも良くなってきた。とりあえずババアワンペナで、グルグルキックね。

デススターに攻撃開始。ッデッデ、ッデ、ッデレ、ッデレデ～デ～デ。ッデッデ、ッデ、ッデレ、ッデレデ～デ～デ。ッデレ～デ、ッデレ～デ～デレレデッデ～。ッデレ～デ、ッデレ～デ、ッデレ～ッデ～デレレッ。

ピシュ～ピシュ～ンバウ～ン。コ～パ～。コ～パ～。フォ～スを使えヒデワン。ベン！駄目だ！当たらない！フォ～スを信じろ。ああ！コ～パ～。コ～パ～。ヒデワン。デ～ンデ～ンデ～、デ～レデ～、デ～レデ～。デ～ンデ～ンデ～、デ～レデ～、デ～レデ～。

パワワワワワ。

コ～パ～。コ～パ～。ピシュンピシュンピシュ～ン。ババババババッ。

駄目だ！ベン！集中できないよ！

フォ～スだフォ～ス。ヒデワン、フォ、オ、ス。

ビヤ〜ン。

そのときヒデワンのまぶたに、数々の修行の思い出と、師匠、ウンコヨーダの懐《なつ》かしい思い出がよみがえった。

フォース！よ〜し合体！ガチャガチャガッチャン！セコ！

ヒデワン〜ファイトで〜渚《なぎさ》のロケンロ〜。

あ、ダウンタウンのビデオ見よ。歌手イタオ歌手イタオ…。あった。

ぬ、ぬふぇふぇふぇふぇふぇふぇ。あ、渚のロケンローはミラクルエースじゃん。まいーや。板尾天才。マジおもしれ〜。

板尾は神。

あ〜板尾スレでも立てっかな。《天の声》に。でもソッコー荒らされっだろな。あいつら神とか言って超クソだから。図々しい。

あ、今ごろ帰ってきやがった。おっせ〜。マジあいつペナルティの意味ねーよ。

「コラババア！おせーよ！」

《ごめんね、カツカレー、近くのコンビニになかったのよ》

「てめーちゃんと走った?…歩いてっただろ。まあいいやそれよこせよ。はい。じゃあそこ立って」

あ、グルグルキックの振り付け考えてねーや。まあいいや。

「板尾創路《いつじ》の、どこまでやるの、キーック！」

あ、ババアの頭から、また血が…血が、血が～。どーでもいいっす。

とりあえずカツカレー食お。

うめ～。でも食い切れね～。

残しとこ。あとで食お。

あ～。腹いっぱい。もーいいや。

さてさて。引きこもりのウンコちゃんみたいだからちょっと外にでも出っかな。なんか今日マンガとか出てたっけ…。

あ。

今日吉羽さんとこ、葬式じゃん？

超善良なこと考えついた。

見舞い行こ。

ん？見舞いじゃねーな。死んでんだから。え～と。参拝？違う。神社じゃねーんだから。礼拝？そりゃキリスト教だっつの。あ～。まあいいや何でも。ちょっと行ってこよ。

「ババア〜。ジイちゃんの葬式んとき着てった喪服、どこあんだよ〜」
《はいはいはいはい、これね。どこ行くの？》
「ああ？葬式だよ葬式。喪服着て他どこ行くんだよバカ。あったまわりーな」
《吉羽さんの？あんた、なんか関係あるの？》
「関係なんかねーよ。ちょっと覗《のぞ》いてくるだけだよ」
《人のおウチのお葬式なんて、覗いてくるもんじゃないわよ》
「うっせーなあ。うだうだ言ってっと、てめーの葬式出してやんぞコラ」
《…あなた、お香典は？》
「は？何それ」
《人のお葬式に行くときには、お香典を差し上げる必要あるの》
「線香持参ってこと？」
《違うわよ、何言ってんの。お香典は、お金よ》
「へー」
知らねー。
《お金、あるの？》
「ねーよ。ちょーだい」

《…待っててね》
「いくらあげんの？」
《…そうねえ、五千円くらいかしら》
「嘘《うそ》、マジで？微妙に高くねー？」
《そうよ。お葬式、大変なんだから》
「ウチのジイちゃんとき、結構たくさん人来てたじゃん。アレ皆五千ずつ出してんだったら、結構なもんになったんじゃん？」
《そうね、でもお葬式にもいろいろお金かかってるから…》
くそ、おばさんち襲撃して、皆ぶっ殺して香典かっぱらったろかな。そしたら今度は外国人の仕業んなるだろ。手際《てぎわ》良くやりゃ。
一家全員皆殺しなんて日本人がやる訳ないから外国人の仕業。犬や猫や赤ん坊なんて殺したり、大人がするはずないから子供の仕業。とくに中学生の仕業。も～皆発想単純なんだから。まあ酒鬼薔薇《さかきばら》のウンコの事件とか鳥取の三家族殺し合い事件がちょっとインパクトありすぎたんだろーけど。
《はいこれ、香典。香典包みに入れといたから》
「へー」

《喪服、二階のお父さんの部屋のクローゼットに片付けてあるから》

「判《わか》った。サンキュー」

　あ、マジで五千円入ってる。三千円もらっとこ。…やっぱ四千円もらっとこ。うわ喪服くっせー。いまどきナフタリン臭いって、どうかしてるって。ムシューダ買えよムシューダ。

ま、いいや。めんどくさくなったら葬式参拝すんのやめよ。

そこのけそこのけグルグル魔人がお通りだ〜。

バッバッバラッパ。ゴロンボ。

バッバッバラッパ。ヒデンボ。

刑事ヒデンボ第三話。ヒデンボ葬式参拝の巻。いや〜それにしても暑いですなヒデンボ警部。ホンマやな、ウンコ君。こう暑いと喪服が辛《つろ》うてかないませんな。ほやな、葬式なんてホントは行きたないなあ、面倒臭い。そんなこと言うたらあきまへんがなヒデンボ警部。え〜、そやけど、こんな暑い日には喫茶店で冷《レイ》コーでもキューッて飲んでたいがな〜。何可愛《かわい》い振り付けしてまんねん、わがまま言いなさんな、あとでアイスコーヒーくらいいくらでも飲ましたるがな。ホンマか?あ〜ホンマや。アイスもええ?あ〜アイスもええがな。ほんならシャーベットもええ?ええがな、何や冷たいもんばっか食いたいんやな。ウチは冷たいもんが好きなんや～。ほうか、ほんなら俺のチンポも冷たいで～、こいつ、いっつもいろんな女に冷たい態度取りよる。え～チンポは冷たいより、暖かい方がいいなあ。ほんならヒデちゃんのお口で、俺の冷や冷やチンポ、暖こうしてもらおうかのう。いや～ん。でへへ、待て～。

あ、警官。やべー結構たくさん立ってるぞ。そーか、アルマゲドンの直後だから、《天の声》の奴《やつ》らがまたお祭り始めないように監視してんのか。キッチンどもは近づけねーだろなこれじゃ。

《吉羽家☜》

うわすげーたくさん人来てんじゃん。参拝客多すぎ。でもこんだけ人いりゃ俺全然目立たねーだろな。グルグル様がここにいらっしゃるとは誰も思うめえて。いっしっし。

あ、あそこか。

お辞儀すんのか。

このたびはご愁傷《しゆうしよう》様です、ね。勉強になるなあ。

「このたびはご愁傷様です」

お辞儀お辞儀。

《こちらにご記帳をお願いします》
大崎英雄。調布市調布ヶ丘。ここでグルグル魔人、とか書いたら大騒ぎんなるだろなあ。冗談です～とか言っても勢いでぶっ殺されそう。くわばらくわばら。でも面白そう。速攻ダッシュすれば、ここからならまだ逃げられるな。いやいや逃げ切れないし。いつか捕まるって。マスコミにバンバン写真撮られるだろうし、警官超たくさんいるし。大人しく香典置いてこ。
ウチのジイちゃんの葬式よりかなり豪勢だな。まあご祝儀《しゅうぎ》も集まるし経費とでトントンかな。マスコミからもギャラ取れそうだし。インタビューとかもお金取っとけば、結構儲《もう》かるぞ。吉羽家のお葬式グッズでも作って即販すれば結構皆買いそうだ。こいつら皆揃《そろ》いも揃って偽善者だからな。泣いてる奴らなんかまさしくそう。だいたい死んだのおめーらじゃねーだろ。吉羽さんだろ。おめーら全然痛くも痒《かゆ》くもねーじゃねーか。何が悲しーんだ。おめーらこんなに大勢揃って、毎日毎日吉羽さんと顔合わせてたわけじゃねーだろ。せいぜい週にいっぺんくらいだろ。年にいっぺんの奴とかもいるだろ。学生時代から全然会ってなかった奴とか。そんな奴らが、吉羽さんの顔見れなくなって、ホントに悲しー訳ねーだろ。悲しいのは家族だけ。お父さん死んでお金どうするか心配だもんなあ。ご祝儀袋でどんだけ暮らせるもんだか…。あ、違う、香典だった。えへ～。慣れない葬式なんか来るもんじゃないね。言っとくけど俺の香典袋には千円しか入ってないよ。心は五千円分入ってるけど。

あ、奥さんいた。泣いてる。泣いていていいぞ、あんたは偽善者じゃない。マジで困ってる人。大変だねえこれから。でも子供も夫もいなくなって、好き勝手にやれるようんなったと言えば言えるけど。浮気し放題。チンポ舐《な》め放題。

あれ、とか言ってたらホントに男が

陽治。


何？何今の。誰？すっげー今耳元で誰かなんか言った。

女？なんか女の声。ヨウジ、とか言ってた。後ろ誰もいないし、なんだよ。空耳？

うわ俺空耳ってはじ

陽治。なんでそんなとこいんの？


うわまた！なんだよ！今ぜってー俺の周りに誰もいなかったじゃん。誰だよ！

やべー幻聴？嘘。こんなの今までなかったのに。

お化け出た？でも殺したのまだ赤ちゃんの三つ子ちゃんだし、こないだ勝手に死んだのはおっさんだし。女の声関係ねーじゃん。つーか俺脳内妹飼ってたっけ？ちょっと前試しに飼ってみたけ

陽治。私ここ。こっち。こっちだって陽治。


「だから誰だって陽治って」

俺は英雄だっつの。

うん？なんか男がこっちの方見てる。吉羽さんの奥さんのとなりに寄り添ってる男。

誰よ？　吉羽さんの親戚《しんせき》の子供？　奥さんの浮気相手？　何でもいいけど何でそんなじっと見てるんだって。こっち見んなよ。

やべー近づいてきた。なんだよてめー殺すぞ。来んなよ。来んじゃねーよ。何だようわ、マジでこっち来た。

《はい、何でしょう》

陽治。

「うわ！」

《大丈夫ですか。どうかなさったんですか？》

陽治。私。私だよ。

「だから陽治って誰だっつの！」

《お静かに。金田陽治なら私です。体の具合が悪いんですか？　こっちの椅子《いす》、座ります？》

「え？いい」

陽治ってこいつかよ！


陽治。


なんだよ！俺こいつ知ってたっけ？

「俺、あんたのこと知ってる？」

《失礼ですが、あなたのお名前をうかがってよろしいですか》

名前？

「駄目」

なんかヤな感じだ。帰ろ。


陽治。

なんだよ! また変なの出てきたよ! オタクだ!

《お待ちください》

「なんだよ!」

オタクキモいんだよ!

うわ、俺の顔じっと見て、こいつホモ? 俺のチンポ舐めてーのか? 舐めさせてーのか?

《アハハハハ、そんなとこにいたんすか》

オタク笑ってる。キモ! 訳わかんねーし。こいつ俺のこと知ってんの? 誰だっけ。こんな中途半端な長髪のデブ知らねーよ。

「誰だよあんた」

《あ、すいません、私の名前は桜月淡雪と申します》

はあ? なんだそりゃ。深夜アニメのキャラかよ! ラノベの登場人物かよ!

あ、桜月淡雪だ。思い出した。

何で思い出してんだよ。俺こんな奴知らねーよ！

《そこにいるんですか？どこに行っちゃったかと思いましたよ。僕も金田君もすごく心配してたんです。でも見つかってよかった。すいませんね。頭の中に変な声聞こえるでしょ》

聞こえるよ！何だよこれ！こえーよ！

「何なの？」

《これ、いきなり申し上げて判ってもらえるかどうかなんですけど、今、ちょっと迷ってる女の子がいまして、その魂が、あなたの中に、どうにかして入っちゃったんですよ》

「はあ？女の子が？何？お化け？幽霊ってこと？」

《まだその子、死んでないんで、お化けとかじゃないんですけど、まあ幽体です》

「何で俺ん中にそんなのいるんだよ」

《それは良く判らないんですけど、まあ時々あることです。今からじゃあ、ちょっと除霊みたいなことしますから、こっちの方いらしてください》

どこ行くんだよ。

なんか皆見てるし。見てんじゃねーよウンコどもがコラ。ゴルァってうわ、ホントに頭ん中から聞こえてるし、この声。何だよ。生霊《いきりょう》？怖すぎ。陽治。

「除霊って、どうすんの？」

《いや、ちょっとご足労かけますが、今からその子が寝てる病院に行っていただければ、すぐに済みますよ、きっと》

何だよめんどくせーな。

え、ちょっと待てよ。

「この、頭ん中で声する子、生きてるの？」

《生きてますよ》

「じゃあ、その除霊すると、その子、普通に歩いたり喋《しゃべ》ったりすんの？」

《多分そのはずです》

おいおいいつからこのお化け俺ん中にいるんだって。つーか俺がグルグル魔人てことバレてるくさくねー？

「いいややっぱ、このままで」
《いいや、ったって、その子の魂、返していただかないと》
「だっていきなり俺ん中に入ってたんだもん、知らねーよそっちの都合なんて」
《いや都合とかじゃなくて…》
うっせーんだよ！
「いいっつってんだろ、コラ！」
《落ち着きなさい》
「殺すぞコラ！」
バラバラにして川に捨てるぞコラ！
どわ！
何だよ！背中重えーよ！どけよ！
《どうします？ロープでくって病院運んじゃいましょうか》
《そうできりゃいいけどね》
あ、お巡《まわ》りさんだ！
「お巡りさ～ん！」
《ちょっとちょっと、いきなりこんなところで何騒いでんの。仏様の前だよ》

《はあ、ちょっと》

「どけよ！」

《逃げんじゃねえぞ、おっさん！》

「ふざけんなよコラ！どけ！」

《ちっ。逃げんなよ～》

「どけっつの！」

逃げろ！

「おらー！どけどけどけどけー！」

ウンコパ～ン。デ、デレッデ。

まあっかな～ウンコは～あいつの～唇～優しく～抱き締め～て～くれよ～ルウ～ンコパン～。デレデ、デレッデレッ、デッデッデレッデレ。ウンコの～奥に～獲物を～映して～ふふふふ～ん、はははんは～ん、ふふふ～ん、は～はは～ん。お～とこには～自分の、せか～いが～ある。たとえるなら、ウンコかけるウンコの～お流れボ、シ～～～～。

あそこのマンションでいいや。

あ、ポケットに四千円入ったままだ。結局遣《つか》えなかった。つーかこんな展開んなるとは思ってなかった。人生はかねー。でもまあこんなもんだろ。俺は俺のタイミングで全部決められるんだからまだ幸せな方だ。

非常階段開いてる。ダッシュ！

運動なんか普段やんねーからなんかすげーだるい。

ウンコパンウンコパンウンコパンウンコパン待て〜〜〜！いけねえま〜たウンコのとっつぁんだ。

あばよ〜〜〜〜！

って後ろの奴《やつ》何かいきなり出てきて超足速いし！こえーし！どわ！間に合わねー！

屋上！

フェンス！

駄目だ！

あいたたた！

《何してやがんだコラ！妹返せコラ！》

「なんすか〜。妹さんなんて知らないっすよー」

《嘘《うそ》つけコラ！》

「マジっすよ〜」

訳わかんねー展開だが、知るか！おら！
目潰《めつぶ》しぃ！
《って！》
「バーカ！」
ウンコパ〜ン。最終回。さらば愛《いと》しきウンコパン三世。また会おうぜ〜！
おら！
調布の街、広い。綺麗《きれい》だ。
下にたくさん人いる。当たんなよ。
クソ、お母さんより先に死ぬとは思わなかったよ〜。

陽治。

あ、まだいたのか。
俺様のおかげでこの世はもう少しマシな場所になるはずだった。

俺が三つ子ちゃんで作ろうとしたアシュラマンがちゃんと完成してたら、この世にただ一つの、特別な偶像が誕生してたのになあ。

なんまいダイブ。∨自分。

第三部

JUMPSTART MY HEART

1

私とは一体何なんだろう?

私の中の怪物が、どうしてグルグル魔人と直接つながったのだろう?私とグルグル魔人に何のつながりがあるのだろう?

グルグル魔人というのが私とは別人でありながらも、まあ言ってみれば、比喩《ひゆ》的に、私のもう一つの人格ってのは何となく判《わか》る。私は女で向こうは男だけど、男と女の区別なんて、結局のところは性染色体一個の違いに過ぎないし、男のことが好きな男、女のことが好きな女、男の体をしているけど女の心を持つ男、女の体を持っていながら、男の心を持っている女、オカマ、オナベ、ゲイ、ホモ、レズ、いろんなゴチャゴチャしたものがある上に、その中に偽物《にせもの》、つまり私はレズのはずだと思ってる女だとか俺ってホモじゃん?と思ってふざけてる奴《やつ》とか、ネカマとか、いろんなものが混ざって単純に男と女を区切れないこの世だから、私とグルグル魔人の持ってる性別も、あっさり無視されちゃうのかも知れない。でも同じように男と女が区別できないなら、私とあなたも区別できなかったりするんじゃなくて？誰かと誰かも区別できなかったりするんじゃなくて？つまり、そういうふうな見方をするんだったら、私とグルグル魔人は同じ人間だったのだ、と言えると同時に、他のいろんな人も私とグルグル魔人と同じ人間なのだ。バカだし、命粗末にするし、《天の声》とかしょうもないもんいろいろ見てるし。

うん。

そしてそんな奴がたくさん集まって、怪物ができあがる。

私は、私の内側にあるあの暗い森の中に住んでいた、たくさんの子供たちのバラバラの体でできている怪物のことを思う。あの怖い化け物。音と声を支配するお化け。あれがつまり、私とグルグル魔人と他のいろんな人をバラバラにしてくっつけて作ってある怪物なのだ。私がバラバラになってあそこにいたのと同じで、グルグル魔人と他の人も、今もあの暗い森の中で、あの大きくて悪意がたっぷりの怪物の一部になって、さらにたくさんの人をバラバラにしてくっつけて、体を太らせていってるのだろう。バカな子供の悪意が集まると怪物的な事象が起こるのだ。例えばアルマゲドンのようなことが。

うん。

比喩としてなら、あの怪物はまあそれなりに、理解できる。

また、グルグル魔人とか、他の人のことを別にしたって、まったく私だけの中でだって、あの怪物を解釈することもできる。

私もヒトだから、内側にたくさんの人格があって、いろんな声があって、それらが様々な音を立てている。それらを全て支配しているあの怪物はつまり、私自身だ。あの姿、あの形、あれはつまり、私の人格とか自己像とか、そういうものとは関係ない、もっと奥深くの、真ん中の、芯《しん》とか核とかそういうものなんだろう。エゴ?良く判んないけど、そういうの。つまりこういう風にも言えるだろう。私は私の内側のどこかにある、それもはじっこじゃなくて中心にある、暗い森の中で、私の中にあるたくさんの私を吸い込んでバラバラにして私の中に取り込んで、どんどん大きくなっていく。そうだ。私は怪物だ。じゃあ他の人も、皆が皆同じ姿かたちはしてないだろうけど、私と同じ生態をしている怪物を、私と似た森の中に住まわせてるってことになるんじゃないかな。

きっとそうだ。どんな人間にも、その怪物を封印する暗い森があって、そこでそれぞれの森の怪物を絶えず養い培《つちか》い膨らませているのだ。森の外を脅《おびや》かし、森の中では絶対的な力を振るう怪物を。

そして皆、一人一人が持っているその暗い森というのは、行き来がまったく不可能という訳ではなくて、まあ何かの拍子とか、偶然とか、ある種の能力を持ってたりして、あっちとこっちを行き来できるのかも知れない。

桜月淡雪。

あの、ちょっと太り気味の、わりと背の高い、中途半端な長髪の、色白の男の人がいい証拠だ。あの人は私の森の中には入ってこれなかったが、あの世に行っちゃう私を捕まえに来ることはできた。あの世へ行くまでのあの荒唐無稽《こうとうむけい》なイメージは私の中で作り上げたものだから（皆が皆、死の直前にTVとかのタレントと出会って都庁行こうとして電車乗り間違えてマフィアに追いかけられたりするはずはないでしょ）、じゃああのドタバタは、全部私の中で起こったことだったのだ。桜月淡雪はそこに入ってきた。

ということは、ほかにもそういうことができる人がいるんだろうし、誰かがどこかにいけるってことは、そこに道があるってことだ。大抵の人には通れないながらも、そこには道があるってことだ。私と桜月淡雪の間にも、私とグルグル魔人の間にも、私と他の人の間にも、皆と皆の間にも。

でもそうやって全てを認めても、私の心はもちろん休まらない。私が怖いのは、やっぱりあの怪物の存在だ。

私はあれを私が作り上げたイメージってことにしておこうとしてるけど、でも、あれが実在する可能性だって、十分にあるんじゃなくて？この世のどこかの、どこかに本当にある暗い森の中に、あの怪物が、私の中でも、誰かの中でもなく、私たち皆の外側にいて、実際に泣いたり喚《わめ》いたりする子供達を捕まえて、バラバラに切って自分の体にくっつけて、育っていったりしてるんじゃなくて？あのとき、私は仮の死と本当の死の間で、この世のどこかに実在する背の高いモミの木ばかりの森に招かれて、どこかに実在する子供に憑依《ひょうい》して、言葉も名前も適当に自分でつけて、あの怪物との遭遇を果たしたんだったりしたんじゃなくて？

怖い。

じゃあひょっとして私は、私が勝手に《オッレ》と名づけたどこかの実在の誰かに、怪物の頭の上で本当に食べられて、怪物に飲み込まれて、怪物を飲み込んで、ひょっとしてまだそこにいるんじゃないだろうか？私はまだ、怪物の中で、怪物を中にして、未《いま》だにイメージの世界に生きていながらそれに気づいてないいんだったりして…。

でも自分が実際に生きているのか、本当はすでにとっくに死んでいるのに、ゆっくり長～く死にながら、自分で勝手に作り上げたイメージをのんびり楽しんでいるのか、なんて区別、誰にもできない。少なくとも私にはできない。私はなんかすごい体験しちゃったし、それが実際に体験したことなのかどうか、ちょっと確信持てないのだ。いろんなところを通り過ぎたし、これで全部を通り過ぎて、グルッと一周回って元に戻ってきたのかどうか、私には判断がつかないのだ。桜月淡雪が近くにいることも、私の確信を濁らせる。このオタクな感じの謎《なぞ》の人が突然自分の腕時計見て、あ、やべーうっかり時間過ぎてた、はい、じゃあそろそろ現実に帰ろうか、と言ってパンと手を叩《たた》いたり、今度はどんな世界がいいかな、脱ぎたてパンツ僕にくれたらどこでもつれてってあげるよウヘウへとか言って私の手を取ったと思うとかかとをトントンと打って私を連れてビューンと空に飛んだりしないとも限らない。いやホント、桜月淡雪って人は、そういう雰囲気あるのだ。

まあでも、それが起こったら、それはそれでしょうがない。私は自分に憶《おぼ》えのない現実の世界ってところに戻ったり、どこだか知らない別の世界に行っちゃったりするだろう。脱ぎたてパンツだって、まあ気分次第であげるかも知んない。桜月淡雪が私のパンツもらって喜ぶところはなかなか見物かも知れない。

私がとにかく絶対お断りなのは、あの森に帰ること。あれが現実のものだとしても、架空のものだとしても、あそこには絶対に帰りたくない。もうあんな怖い目に遭いたくない。痛いのと同じように、皮膚感覚的にあの怖さを憶えてて、嫌すぎるのだ。もう二度と体験したくない。あそこがもし死の直前に必ず通る道ならば、私は不死にならなくてはいけない。

だから私はとりあえず、あの森のあの怪物を、私の作り上げたイメージってことにしておく。私と私を包んでる世界とが一緒に作り上げた強烈なイメージ。強烈すぎて、うっかり本当に起こったことと区別がつかない、みたいな。あの怪物が私自身であっても、グルグル魔人との掛け橋であっても、全員と全員を繫《つな》ぐ糸であっても、どうでもいい。あれが実在して本物の子供を切ってくっつけて育ってなければ何でもいい。

でもそんな風に、何かを自分が作り上げたイメージってことにしてしまえるなら、私自身だって架空の存在なのかも知れない。我思うゆえに我ありって言うけれど、もし自分と他人がどっかでくっついていて、相手の内側にお互い入ってこれたりするんだったら、ホントに我思ってるの？ってことになる。我思ってるつもりで、実は別の誰かが思ってることもありえる訳だから、我思ってると我思ってるけど、我思ってるんじゃなくて彼思ってるのかも知れない。じゃあ我ありってことにならない。

誰も皆、本当に自分が存在してるかどうかなんて判んないはずなのだ。それに皆、気づいてない。私とおんなじ体験をしてないせいだ。私はもう判ってる。おかげで何が本当で何が嘘なのかさっぱり判らなくなったけど、判んないんだってことだけは判った。

で、我思う我ありってのが私の中で壊れちゃった今、じゃあどうするかってうと、どうもしない。我ありってことが疑わしくてもいい。つーか、我なくてもいい。自分の存在が確信されなくても支障をきたさない。

何故《なぜ》なら私がこうして生きて、お兄ちゃんと暮らしたり、陽治のことを思ったり、陽治以外の人とエッチしちゃって虚《むな》しかったり、意味ないことで喧嘩《けんか》したり、死んだり、蘇《よみがえ》ったりすることが、私は本当に楽しいからだ。楽しい、と感じている気持ちは本当だから、それなら結局全部オーライなのだ。オールオッケー。問題なし。私は自分の存在を疑うことすら楽しんでいる。人間、楽しむということが最優先だし、そう心がけなくても、最優先してる。苦しんでる人は、その苦しみを楽しんでるんだし、頑張ってる人は、その頑張りを楽しんでる。人が今やってることが、その人の選んだ、自分にとって一番楽しいことなのだ。うんうん。私が楽しめないのは痛みと恐怖で、だから私はあの怪物を否定し、あの暗いモミの木の森をないことにし、今いる世界を楽しんでいる。

楽しいよ。
相変わらずバカなことばっかりだけど。

2

調布市の北の隅、野川のそばに、永観寺というお寺がある。そこには阿修羅《あしゅら》像が納められている。塗られた金色は所々剝《は》げている。小山嘉崇《こやまよしたか》とかいう名前の仏像職人……ってそんな職業名が正しいかどうか知らないけど、その人が作ったものらしい。

小山嘉崇はその辺でも有名な悪ガキだったらしくて、親がぶちキレてその永観寺に放り込んだらしかった。そこでまあ色々あってか、小山嘉崇は真人間になって、仏像を作り出したというお話。

でも私が思うに、仏像作りへの興味の方が、真人間になるより先行してたんじゃないかな。仏像綺麗《きれい》。仏像作ってみたい。作ってみたら楽しい。一生懸命やる。なんか真人間みたいに見える。実際真人間っぽくなる。皆自分が真人間だと言うし、なんかそっちの方が暮らしやすいから、そういう風に生きる。本物の真人間かどうかなんて疑問が意味を失う。そんな風に小山嘉崇が真人間になったって方が、私にとっては判《わか》りやすい。でも実際永観寺行ってみて、お寺なんて行ったの初めて？お正月行くのは神社だよね？　修学旅行は行ったっつーか行かされたんだし、まあいいや、とにかくそこ行ってみて、そこで暮らすこと考えたら、まあこんな何にもないところで毎日毎日、ま〜いにち座禅組んで雑巾《ぞうきん》がけしてお経とか読んで暮らしてたら、そりゃ真人間にもなるよな、仏像作るっきゃないよね、と思った。人間何かに楽しみを見出《みいだ》さずには生きていけない。

で、阿修羅像だけど、これを小山嘉崇は超たくさん作って作って作り直した。他の奴《やつ》はパパッと作ってOK出しするような感じでいかにもプロだったのに、阿修羅像だけはなかなか気に入るものができなかったらしくて、住職さんがおっと思うような見事な出来栄《できば》えのものも、地蔵とか仏像とか見て回る鑑定人みたいな人が高いお金で買い上げたい、と思うような素晴らしい出来栄えのものも、こんなんじゃ駄目だ〜って感じで躊躇《ちゆうちよ》なく斧《おの》で割って壊したらしい。あ〜もってーねーと思ったと思うけど、住職さんはそのままやらしておいた。小山嘉崇は昔悪ガキだった自分を阿修羅像に重ねていて、だから阿修羅像に限って、本当に納得のいくものを求め、作り直しを辞さなかった、ってのがお寺に伝わるお話だけど、私はちょっと違うと思う。小山嘉崇が阿修羅像に自分を投影してたのは多分正解だけど、果てしない作り直しは、最高の阿修羅像を作ることが目的じゃなかったんじゃないかな。

多分小山嘉崇は、そのときは、作った阿修羅像を壊すことに、自分の楽しみを見出してたんだと思う。

もちろん阿修羅像は自分だから、小山嘉崇は繰り返し繰り返し繰り返し、自分を斧で割って殺していたんだろう。

自分を壊す、自分を殺すってのは、脊髄《せきずい》通して脳まで伝わるタイプの実際の痛みってものさえなかったら、結構皆のやりたがることなのだ。この世にいるのは自分のことが大好きな人間ばかりじゃない。そういう人が好きじゃない自分を壊して殺して新しい自分を求める。今の自分に物足りない、まだまだ自分は未熟だ、このままの自分じゃ駄目だと思う人間もたくさんいるから、そういう人たちも自分を壊して殺して、自分を壊した殺したという経験を経た新しい自分に期待をかける。あと、何となく今の自分の状況とか状態とかレベルとかいろんなものに関して、何とかしたいけどどうしていいかよく判んないし、このままなのがなんかむかついてイライラするし、でもやっぱりこのままの自分では解決策見つかんないし、つーか今の自分、解決策を探しているようにも思えない、グダグダしすぎ、でもいろいろ面倒臭い、あーいろいろうざい、なんて奴らも、痛い思いさえなければ、あとまあ、面倒臭くなければ、自分を壊して殺して新しい自分って奴にとりあえず任せてみたいと思ってる。人生リセット。

そんなの都合良すぎ。調子良すぎ。でもそういうの求めてるダラダラした奴はこの世に多いし、まあ誰もが皆、そういう部分持ってる。私もそうだ。三途《さんず》の川っつーか崖《がけ》で、陽治にふられて桜月淡雪の手を離して、それでひと思いに死のうとしたとき、私の心のどっかに生まれ変わりとか輪廻《りんね》転生《てんしょう》とかの発想がなかったとは言い切れない。私にも私を客観視する視点が常備されてるとしたら、私はあの崖で、人の魂の浮かぶ空の上で、私という自分的失敗作を斧で割って壊そうとしたんだろう。

んで新しい自分が前よりいい作品になってるかどうか、っていう問題は、死ぬ間際《まぎわ》んなんなきゃ答えは出ない、っつーことにして話を戻すと、阿修羅像。

小山嘉崇がどうして阿修羅像に自分を投影したかって言うと、阿修羅もまた、元は悪ガキだったからだ。詳しく知らないけど、神様になる前は、仏様の邪魔をしたり、なんかいろいろ悪さをしていたらしい。でもきっといろいろあって、仏様の下に改心して、いい方の神様になった。

さすがは仏。

私は私独自のホトケのイメージを持っていて、それをとても気に入っている。私のホトケ様はキリストの神みたいに罰を与えて人を諭そうとしたり試練を与えて人を試そうとしたりしない。ただひたすら深い深い慈悲の気持ちを持って相手が悟るのを待つ。慌《あわ》てない。私のホトケに時間は関係ない。慌てる神は罰とか試練とかを持ち出すけれど、私のホトケはのんびり楽観派だから、相手が自ら心を入れ替えるまで、あの細い目で微笑《ほほえ》みながら、ゆっくりと待つ。するとどんな悪ガキだって悪い神様だって、悪いことばっかりしてられなくなって、ついうっかり改心してしまうという仕組みだ。だいたい人も神様も、悪いことばっかりはしてられない。一つのキャラをずっと演じてばかりはいられない。だから悪いことばっかりし続けるのにさすがに少し疲れたときとか、なんかもう飽きてきたときに、ちょっといいことしてしまう。そして結局のところ、いい事をするのはいいところを持っているってことだし、いいところを持っているということは、いい人なのだ。いい神なのだ。そしてさらに、いい人やらいい神ならば、私のホトケ様の深すぎる、忍耐強すぎるお慈悲の前では、まあちょっといい奴として暮らしてもいいかな、という気持ちになったり、なんかいい奴として暮らす方が楽かもなあ、としみじみと感じたり、しないはずがないのだ。

阿修羅もきっとそうだったんだろう、大筋においては。違うかな。よく知らない。でもまあ、そういうことにしておこう。そっちの話のほうが私の好みだ。

グルグル魔人の大崎英雄も、吉羽真一君、浩二君、雄三君、という名前の三つ子ちゃんを殺してバラバラにして、阿修羅像を作ろうとした。

今となっては、大崎英雄が阿修羅像を作るためにその三つ子ちゃんを殺したのか、三つ子ちゃんを殺したあとに、何となく阿修羅像を作ってみようかって気になったのか、誰にも判らない。三つの顔と、六本の手。小山嘉崇の阿修羅像も、同じ要素でできている。阿修羅像を作ろうとしたとき、小山嘉崇と大崎英雄の心根は、同じだったんだろうか？

奥底の根本の部分では、同じと言わずとも似てたはずだ。大崎英雄は三つ子ちゃんの死体で作った偶像を「アシュラマン」と呼んで茶化していたけれど、あれはやはり阿修羅像だった。だからこそ、大崎英雄は死ぬ間際、メゾネット高山の七階の屋上から飛び降りたとき、空中を落下しながら、私とつながったままの心の中で、自分の死に悔いはない、この世は自分の作ったアシュラマンによって少しはマシな世界になったはずなのだ、と思ったのだ。キン肉マンの超人が一人いたところで世界がマシになるはずだなんて、さすがの阿呆《あほ》でも思えないだろう。やはりあれは小さなアシュラマンなどではなく、大きな神様、阿修羅の像だったのだ。

そこでやっぱり私はあの怪物を思い出す。あの暗い森の中で出会った怪物。あの怪物もまた、顔をたくさん持ち、腕が胴の脇《わき》にたくさん生えていた。あれもまた、異形の阿修羅像とは言えないかな？

だとするならば、私は、グルグル魔人と同じように、子供の体をバラバラにして、一つの阿修羅像を作り上げようとしていたということになる。それも、私の阿修羅像のほうが大掛かりで、その分たくさんの子供を必要としていたのだ。私はそのことで、ちょっと子供たちに対して申し訳なく思う。でも、かすかな救いは、グルグル魔人の作ろうとした阿修羅像は、死んでしまった子供達の体でできていたのに対し、私の阿修羅像の子供たちは、皆苦しみながらも、かろうじて生きていたということだ。セーフ。

…あんまり変わんないか。

まあでも、とにかく、阿修羅像を作ろうとした大崎英雄の行為の根っこ、作意のそもそものところはいいものだったし、いい事をしようとしたということは、大崎英雄にもいいところがあったということだし、いいところがあるということは、結局のところ、いい人間だったのだ。あのグルグル魔人も。

私は、あのグルグル魔人のことも、私の中の、私のホトケ様を見習って、深い深い、忍耐強〜い慈悲の心を持ってして、許そうと思う。愛そうと思う。

それから私は私自身のことも、同じように許し、愛そうと思う。バカで、わがままで、命を粗末にするような奴だけど、それでもやっぱり、いいところくらい少しはあるのだ。どこだ、とはいちいち言わないけれど。つーかまあちょっと、パッと例を挙げようとしても挙げられないけれども。いいところくらいあるのだ、どっかには、多分。

まあ私のことはいい。

グルグル魔人こと大崎英雄が、三十近くにして仕事もせずに実家に住み、親に甘え、親を苛《いじ》め、《天の声》とか見てダラダラしながら、ストレスだけ溜《た》めて、鬱憤《うっぷん》の捌《は》け口を探して、今ならどうせ中学生の仕業ってことになるやってことで、面白半分に猫やら犬やらを殺し、その挙句に三つ子ちゃんを殺してしまったということは、悪い行いの連続だったと言ってしまって構わないと思う。大崎英雄はグルグル魔人で、悪い神様としての阿修羅だった。

でも材料に問題はあろうとも、阿修羅像を作ろうとしたときに、大崎英雄はいい神様の阿修羅になった…とは到底言えないけれども、そこへ辿《たど》り着くための道の、最初の一歩を踏み出した、あるいはその道を見つけた、いやいや、その道へと導かれる道しるべを発見した、くらいは言ってもいいと思う。阿修羅像を作ろうとしたっていうのは、何はともあれ、心の良い部分の表れなのだ。

三つ子ちゃんがどうしてバラバラにされていたのか、私は迷った挙句に、吉羽沙耶香さんに教えた。真一君、浩二君、雄三君は、阿修羅像にされたんです、と。

ああそうですか、そんならよかったわ、なんてことにはもちろんならず、お母さんはもちろん怒り狂い、泣き喚《わめ》き、三つ子ちゃんを失い夫を失ってしまった悲しみをさらに増幅させてしまったように、私には見えた。しまった私はこの世に戻ってくるべきじゃなかったか、とも思ったけれど、時間が少しずつたち、大崎英雄の部屋から永観寺に納められてる小山嘉崇の阿修羅像の写真が出てきて、それが大崎英雄本人がデジカメで撮影したものであることと、それがたくさんあったことから、どうやら大崎英雄はその阿修羅像に何らかの強い思い入れがあったらしいことが伝わってきて、その真摯《しんし》さと、さらにその写真に写る阿修羅像の見事さがあいまって、時に、うまくすれば、一時だけにせよ暴れ狂う吉羽沙耶香さんの心を落ち着かせるらしかった。

それにやっぱり、子供の死がまったく不可解であるよりは、不可解さは相変わらずあろうとも、一部分だけでも、何らかの答えが与えられた方がいい。

吉羽沙耶香さんは毎日のように自宅近くの永観寺を訪れるようになった。そして阿修羅像の前に座り、そこでじっと阿修羅像を眺めて、ゆっくりとした時間を過ごしていた。最初は激しく泣き、いろんなことを強い口調で言い、叫び、喚いたりしていたけれど、次第に落ち着いてきて、泣く回数も減ってきた。

永観寺には、金田陽治もよく来る。

陽治はあのアルマゲドンの夕方、私の家から駅に向かう途中の公園で、一人家に帰った夫と別れて、まだベンチに座ってぼうっとしていた沙耶香さんを見つけ、声をかけ、様子が心配で家まで一緒に帰り、そこで孝明さんの自殺しているのを見つけ、そのごたごたで吉羽家から離れられなかったのだが、私のわがままな電話がかかってきて、アルマゲドンの中、混乱する吉羽家を出て、私の家の玄関で、斎藤マキに金槌《かなづち》でぶん殴られて瀕死《ひんし》の重傷の私を見つけたのだった。さぞかしびっくりしたことだろう。

意識不明の重体で佐伯《さえき》病院に運ばれて、集中治療室に入った私に対しては何にもしてやれないけど、子供を三人失って、ついさっき夫も失ったお母さんに対しては、まあ慰めたり身の回りの面倒をみたり通夜《つや》やお葬式を手伝ったりできるだろう、と陽治は考えて、吉羽家に戻った。そして私は沙耶香さんに陽治をとられてしまった。

私も時々桜月淡雪と、永観寺に来る。桜月淡雪は、今日も、お茶碗《ちゃわん》などを入れた手提げ袋と、ステンレスの水筒を二本持ってきている。水筒にはそれぞれ、熱いほうじ茶と冷たい緑茶が入っている。ほうじ茶は桜月淡雪が自分で焙《ほう》じたものだし、緑茶の方も、桜月淡雪が、水で時間をかけてだしたお茶で、両方ともなかなか美味《おい》しいのだ。さらに桜月淡雪は和菓子も好きで、自分で作る。今日のお菓子は水饅頭《まんじゆう》だ。半透明の、柔らかい、葛餅《くずもち》みたいなおもちの中に、あんこが入っている。あんこもおもちも自分で作ったらしい。占いも霊能力もお金になんなくっても、和菓子屋やればいいじゃん、と言うと、占いで十分儲《もう》かってまんがな、と桜月淡雪は言う。

ふふん。

門を入ってまっすぐ行くと、本堂がある。その中の、ご本尊の右に控えてるのが小山嘉崇の阿修羅像で、冷たく固い土の床にゴザを敷き、座布団を置いて、そこに座ってるのが吉羽沙耶香さんと、陽治の馬鹿《ばか》だ。二人の間には、短い時間の間にできた二人だけの強い結び付きがあるのが、もうなんかありありで、失恋と死にかけと生き返りからそれほど時間のたっていない私には、やっぱり刺激が強すぎる。むかつくー。でもまあ仕方がない。ふられるなんて、いろんな人が経験していることなのだ。アイムプリティファッキンファーフロムOKには程遠い。プリズンエンジェルの日々の苦労なんてまだまだ比較にならない。

ふられたくらいでもういいや死んじゃおなんて思っちゃ駄目だぞアイコ。

私と桜月淡雪が現れるのを見て、吉羽沙耶香さんが微笑み、私たちを迎えるために立ち上がる。最初にあったとき公園のベンチで泣きながらグッチョグチョのセックスしてた人とは思えない穏やかさだ。美人だし。やべー。

あ～あ。

まあいい、まあいい。よくないけど、いい。

陽治が沙耶香さんと呼吸を合わせて立ち上がって、それがまたムカつく～。

ムカつくなアイコ。

私と陽治と沙耶香さんに、桜月淡雪が、わざわざ持ってきた焼き物の湯呑《ゆの》みを配り、まずは水筒の、熱いほうじ茶の方を注いで回る。ジワジワと蟬《せみ》が鳴いているお寺の中で、熱いほうじ茶をいただくと、喉《のど》と気持ちが引き締まる。つーか暑いのに熱いもの飲ませるな～と私は思うけど、でもその後に冷たく冷えた緑茶を一口すると、喉がもう乾いてないからゆっくりとそのお茶を飲めて、美味しさもちゃんと味わえるのだ。お茶マジ美味しい。喉の奥をつうっと通っていく透明な緑の爽《さわ》やかな苦味を味わったあと、水饅頭をほおばる。ほんのり甘くてもちもちしてて、ほろほろしてて、食感が楽しい。二個三個と食べたいけれど、桜月淡雪は一個しかくれない。美味しいものはダラダラ食べずに短い間に全てを味わうよう集中したほうがいい、というのが桜月淡雪の持論なのだ。つーか美味《うま》いんだからもっと食わせろ～。私はまだ育ち盛りなのだ。

でも桜月淡雪は絶対二個目をくれないのであきらめるしか仕方がない。その代わりにお茶のおかわりをもらう。

冷たい緑茶はマジ最高。

お茶とお菓子を食べてしまうと、途端に仏像と阿修羅像と畳と暗がりが私を落ち着かなくさせるので、というより、陽治と沙耶香さんの雰囲気にたじろいで、私は本堂を出て、境内をグルッと散歩することにする。桜月淡雪も、お茶の道具を片付けて、私についてくる。

本堂を出て、お墓の方に行く。お墓がたくさん並んでいて、木が何本か植えられていて、木陰を作っているけれど、ちょっと影が少なすぎ。日差しが強くて超日焼けしそうだから、私はできるだけ桜月淡雪をお日様の方に立たせて、その影に入ろうとする。なんだかこそこそした様子になってるはずだけど、その意図に桜月淡雪が気づいているかどうかは判《わか》らない。桜月淡雪は最近気象予報士の資格を取るために勉強を始めたらしくて、風と雲と気圧の話ばかりする。私は別に興味ないのに、なんかつい聞いちゃう。べらべらべらべら一生懸命話してるから、なんかこっちも一生懸命聞いてしまう。て言うか、そんなに一生懸命話してるんだから、何かよほど面白いことがあるんだろうと思うのだ。でも風と雲と気圧の話に面白いところなんて別にない。何にもない。それより桜月淡雪がときどき金八先生みたいに耳にかかった髪をかき上げるしぐさの方がずっと面白い。しぐさは金八なのに「なんですか～」「かと～」「こら～」とか言わない違和感の方がずっとずっと面白い。私は笑う。何か素で笑うの久しぶり。

ねえ、あんた仕事うまくいってる?と私は訊《き》く。二十七の男の人に対して超タメ語。つーか二十七に見えないし。大体いくつに見えるかっつーと、いくつにも見えない。かなり年齢不詳。

私が今言った仕事というのは、何か、霊感とか霊能力とか使って、死んだ人とお話すること。沙耶香さんが三つ子ちゃんとお話したくて、桜月淡雪を雇ったのだ。

私が仕事の話題を出すと、桜月淡雪は、う、まずい、という顔をする。

真一君も浩二君も雄三君もなかなか見つからないね。やっぱり赤ちゃんだから、まだ言葉も喋《しゃべ》れなくて、こっちが呼んでも判んないし、皆が行くようなところに、なかなか行かないんだよね。なんとか探して、見つけてあげたいところだけど、と桜月淡雪は言う。

成功したらお金をもらうってことになっているし、吉羽家にばかり出入りして占い全然やってないから、収入がやばいらしい。本人は内緒にしているけれど、そんなの様子見てれば判る。佐野明彦の霊でも捕まえて死体の場所でも見つけてあげれば佐野のウチの人がお金くれんじゃないのかなーと私は思うけど、言わない。ふん。

彼女いるの?と私が訊くと、募集中ですよ、でへ〜と変な顔するので、私は萎《な》える。

あ〜あ。どっかにカッコいい人いないかな。


私はあの崖《がけ》のことを思い出す。グルグル魔人と別れてやってきた二度目の崖。私はいろんな人の魂と一緒に三途《さんず》の川を昇っていて、あの崖に再び辿り着いたのだった。

そしてこの世の側の壁面に、

愛子、かえってこい。

と書いてあるのを無視して通り過ぎようとしていたのだが、そこを、

「あ！いた！」

って大声がして、見ると、この年齢不詳の一見オタッキーな桜月淡雪が崖の上で手を振っていたのだ。満面の笑みで。私を見つけて本当に嬉《うれ》しいって感じで。

その笑顔にほだされて、私はそっちの崖の方に行ってしまったのだった。

私の手を取って、何かあったか～い光のほうに誘導してくれたこの桜月淡雪の横顔と、握った手の感触を時々思い出す。いや、結構頻繁《ひんぱん》に思い出す。いやいや、実のところ、ほとんどいつも考えてる、と言っていいくらいに思い出しているのだ。

桜月淡雪の手はひんやりと冷たかった。でも大きくて、確かだった。肉厚で、ふわっと包んでくれる感じが、優しかった。

横顔はダサかったけど。

あ～あ。

桜月淡雪みたいな妙なタイプとやってみるのも一興《いっきょう》かと思ったけど、やっぱり私は美形が好みだ。せめて陽治くらい、普通の容姿をしてくれてたらなあ、と私はそれなりに残念だよ。

あ、でもそもそも、私はもうそういうのやめたんだった。もう、好きでもない人とやってみるのはなしにしたんだった。そうだった。

私が次にエッチなことするのは、大好きな人。私を大事にしてくれて、私を一番にしてくれて、私を必ず守ってくれて、私のために戦ってくれる人。私が大事に思って、私が私の一番にして、私が守ってあげたくて、私がその人のために戦ってあげたいと思うような人。その人のことを思うだけで心臓が止まっちゃうような人。そして何よりも、私の止まった心臓を、何て言うか、ジャンプスタートさせてくれる人。

そんな人がいたら、私はきっと、好きかどうかを考えなくても、すでにその人のことを好きだと判るはずだ。疑問の余地なく好きだって。ここが、こういうところが、こんなふうな感じが、とかじゃなくて、その人の真ん中の芯《しん》とか核が好きなんだって。

その、私の心のジャンプスターターは、私が好きな人の顔を思い出したいと思ったときに、パッと浮かんでくる顔をちゃんと持ってるはずだ。

…あれ。

なんか桜月淡雪の顔が浮かぶけど、でもこれはなんかの間違いだろう。今はまだ、生死の境から帰ってきたばかりだし、連れ帰ってもらったことで感謝が大きすぎるから、そんでちょっとこの小太りの、色白の、オタクっぽい顔でもよく憶《おぼ》えてるってだけなのだ。真っ黒の直毛が、金八よろしく耳をおおってる、このダサすぎる横顔でも、まあ命を救ってもらったと思えばこそ、うっかり間違えて思い浮かんだりもするのだ。

愛情か。

佐野。

佐野ねー。まあたぶんどっかで死んでるんだろうし、私が佐野のことを桜月淡雪に言って佐野のウチの人が桜月淡雪雇って桜月淡雪が頑張らなければ、ヘタすると指切って送りつけてきた誘拐《ゆうかい》犯が捕まんない限り死体すらも見つかんない気がする。ふん。まあそれはおいおい考えるとして、佐野明彦は、たぶん私のことを好きだったんだろうな。だから私の枕《まくら》もとに立ったんだし、あの時あの崖で、私を呼んだんだろう。皆も佐野の気持ちを知っていたから、私に佐野と寝るよう薦めてたのかも知んない。カンちゃんは…まあなんだかよく判んない。

でももしそうだったとしても、ごめん、佐野。私は別に、ホントにあんたのこと、好きじゃない。もう呼ばないで。もうそばにこないで。もう二度と私の心に入ってこないで。私は一応この世界でこんな風にこの私として生きてくの。あんた以外の好きな人作って、その人と楽しくやってくの。

それが誰になるか判んないけど。

だからたぶん私、桜月淡雪にあんたのこと、探させないと思う。だって、なんかやなんだもん。

でも、あんなふうに死んでからも、相手を呼んで、三途の川まで渡らせちゃおうとするほど誰かを好きになるなんて、結構凄《すご》い。けどやっぱり私なら、いっしょに死のう、じゃなくて、一緒に生きよう、か、あるいは、私の止まった心臓、もういっぺん動かして！ってねだるだろう。そっちの方がいい。そんで相手にも一緒に生きよう！また一緒に楽しく生きよう！って言われて、二人でいろいろたくさん楽しんでいく方が全然いい。

えへへ。

とか訳判んないいろんなこと、考えたり考えなかったりしながら初夏の野川の堤防のジョギングコースを歩いてぼんやり桜月淡雪の横顔を眺めてると、桜月淡雪が言った。

それにしても桂さんは、もうちょっといろんな本とか読んだりした方がいいね。マンガばっかりじゃなくて。テレビもいろんな番組見て、映画もいろんな種類見て、他でもいろんな勉強したほうがいいし、新聞とかもちゃんと読んでごらん?ネットとかでつまんないサイトばっかり見てないで、外出て遊んで、いろんな子とちゃんと付き合ったほうがいいだろうね。

はあ?なんで?と私は訊く。

だって、僕、君と君の三途の川まで行ったでしょ?あの時の君の世界のイメージ見てたら、君、あんまりにも想像力が貧困なんだもん。ああいうのって、やっぱり勉強とか経験とかの度合いが反映されるからね、君、ちゃんといろいろ物事学んだ方がいいよ?

こいつはいつか殺す、と私は思う。

殺してあの三途の川を昇っていったとしても、助けになんていってやんないぞ!って言っても、まあ霊能力もなんもない私には、そもそもきっと、崖に文字書き込むことくらいしかできないんだろうけど。

川幅の狭い野川を渡るための短い橋がたくさんかかってる。次の橋が近づいてきたから、私はぷんと拗《す》ねたふりして野川の向こうの堤防に渡ってしまおうかと思うけど、やめておく。とりあえず桜月淡雪と歩いてるこの堤防が、私のこっち側。

川を泳いで渡る蛇

a spin-off story from
"an Asura-Girl in Love"

夏。零時三十五分。栄美子《えみこ》を待っていて、兄貴からの電話が鳴る。

「あ、俺。起きてた?」「うん。どうしたの?」「今平気?」「大丈夫。何?」「いやさ、さっきさ、また母ちゃんと喧嘩《けんか》しちゃってさ」「もー、またかよ。つーか兄貴、また母ちゃん殴ったんじゃねえだろうな」「え?はは。やっちゃいました。でも軽くだよ」「軽くじゃねーよバカ。やめろっつったじゃん」「だってつまんねーことでうるせーんだもん」「我慢しろって、なんだかしらねーけど、ちょっとくらい」「でさ、」「つーか怪我《けが》させたんじゃねーだろうな」「いや、怪我とかしてないよ。ホントちょっと頭小突いただけだもん」「で、何よ」「あ、そんでさ、母ちゃん出てっちゃってさ、また、家。今祐子《ゆうこ》が探しにいってっけど、おめーんとこタクシーとかで向かったかもしんねーから、来たら保護しといてよ」「はあ?また?ちょっとさー、だからせめて、家から出すなって言ってんじゃん、これもー」「でも出てったもんは仕方ねーじゃん」「仕方ねーじゃねーよ。ちゃんとやれよ」「うるせーなてめーも。そんじゃ頼んだぞ」

電話が切れる。

八王子の実家に住んでるウチの兄貴は五年前に父親が死んでから母親とすぐに喧嘩するようになって、ときどき手を上げていた。五十五で死んだ父親の借金を背負ったせいでイライラしているんだ、ということになっている。口の悪い母もいけない、ということにもなっている。兄貴は酒を飲むと人が変わってしまう、ということにもなっている。父を殺したのは肝臓ガンだったが、父の死後にようやく受けた人間ドックで兄貴も肝機能の後退を指摘されていて、それに怯《おび》えている、ということにもなっている。でも本当は、ウチの兄貴は、そもそも人間としての器量が小さくて、小心者で、卑怯《ひきょう》で、すぐに酒に逃げてしまう、粗暴なバカなのだ。父親も似たようなものだった。僕もそうかもしれない。人間のつくりとしては、僕も似たようなものなのかもしれない。でも僕は酒をやめているし、借金もないし、母親に手を上げたりしない。これで結構違うはずだ、ということにしている。

僕は携帯で祐子さんに電話する。

「はいもしもし」「あ、直樹ですけど」「こんばんはー」「今大丈夫ですか」「大丈夫ですー。お義母《かあ》さん見つかんないですよー」「すいませんいつもいつも。今どこですか」「駅のそばまで来てみたんですけどー」「じゃあ南の方のドトール…はもう閉まってるか。ジョナサン見ました?」「見ましたー。とりあえずコンビニとファミレスはこっち来ながら電話で訊《き》いてみたんで平気だと思うんですけど」「あーじゃあ飲み屋だったらまた困るな」「ホントですよー。知り合いんところはとりあえず連絡もらえることんなってるから大丈夫だと思うんですけど、でも前にいっぺん庄やとか白木屋とかに入ってましたからねー。財布も持ってなかったのに」「やっぱこっちに向かってタクシーん乗ったかな。でもそっちの方がいいんですけど」「そんなことないですよ。やっぱりタクシー代一万円以上かかっちゃうから、どっかで適当に飲んだり唄《うた》ったりしてくれてるほうが助かりますよ」「そっか」「それに、タクシーだと、その代金、直樹さんが払わなくちゃいけなくなるじゃないですか」「…まあ、それくらい払えますけど」「あ、そりゃそうですよね。やっぱ作家さんはお金持ってるからなあ」「え、いや、そんなことないですよ」「ごめんなさいね、お借りしたお金、まだ返せなくてー」「や、そんなこと、今はいいです」「でもやっぱり気になるから」「今日は何でウチの兄貴、喧嘩んなったんです?」「それ、わかんないんですよー。私、子供とテレビ見てたからー」「…」「いつの間にか隣でガチャーンって音がして、お義母さんテーブルの下に倒されてて。ビックリしたー」

初めて祐子さんに会ったとき、十二年前、祐子さんはジーンズで、半袖のシャツを着ていて、笑っていて、ウチの兄貴を何とかまともな方向に連れて行ってくれそうだった。そういう風に思わせて、僕をほっとさせる何かがあった。でもそれはまだ祐子さんと兄貴が付き合い始めたばかりのころのまやかしだった。祐子さんも知らなかったのだ。清潔さ、自信、高い志なんてものが、人間の弱さには到底勝てないということを。何故なら清潔であり、自信を持ち、高い志を抱く人間も、やはりどこかに弱さを含んでいるからだ。祐子さんの印象については僕の完全な早とちりだった。五月で、梅雨がくる前で、気持ちよく晴れた日で、祐子さんがちょっと眩《まぶ》しく見えたってだけで、僕は根拠のない期待を抱いてしまったのだ。僕のミスだ。

でもあの十二年前の無闇《むやみ》な期待が全て完全に裏切られた訳ではない。とにかく祐子さんは兄貴のそばにいてくれているわけだし、できるだけのことをしてくれている。誰かにとってできないことは、その誰かには永遠にできない。しろと言うほうが間違っているんだ。祐子さんがいなかったとしたらもっと酷《ひど》いことになってたかもしれない。とりあえず今こうして母が姿を消したとき、誰も探していないということもありえた訳だ。

一時近くになって、僕の携帯が鳴る。兄貴でも祐子さんでもなくて、栄美子だ。

「もしもし」「ただいま〜」「今どこ？」「ん〜稲田堤《いなだづつみ》〜。調布通り過ぎちゃった」「タクシーん乗って帰ってこいよ」「やだ〜」「何で」「タクシーやだ〜」「何で」「タクシーじゃなくて、直樹迎えに来てよー」「何でだよ。タクシーん乗ればいいじゃん」「やだって〜。いいから直樹迎えに来てね。絶対ね。じゃねー」

また稲田堤か、と僕は思う。これでもう十回以上は夜中に稲田堤に向かってる。新宿の住友ビルの上のレストランでサブマネージャーをやってる栄美子は帰りが遅いのだが、各駅に乗っていると大抵八幡山《はちまんやま》辺りで座れ、座ると国領《こくりょう》辺りで猛烈に眠くなり、国領の後に布田《ふだ》、布田の後に調布だというのに、その五分程度の間に眠ってしまい、起きると大抵多摩川を渡っていて、京王稲田堤に着いてしまう。京王多摩川でも京王多摩センターでもなく、稲田堤で目が覚めて、飛び降りる。僕を呼ぶ。栄美子はタクシーに乗らない。運転手と二人きりになるのが嫌だ、怖い、などと言ったりもするが、ただお金がもったいないだけだ。僕の部屋まで二千円くらいで帰って来れるのに、そうしない。ちょっと眠っちゃったくらいで二千円払うのに抵抗を感じているんだろう。

僕は書きかけの小説を保存して、パソコンの電源を切る。携帯と財布と自転車の鍵《かぎ》を持ち、サンダルを履き、外に出る。夏で、空気はぬるい。僕は今書いている小説のことを思う。冬に書き始めて、春に書き終わり、提出したら、編集者に直すよう言われ、七月になってもまだ直している。時間がかかりすぎてるんじゃないかと思う。それほど長い小説ではないのだ。僕は手間をかけ過ぎている。もう半年以上新作が発表されていない。もっと長い間沈黙している作家が他にいることは、しかし何の慰めにもならない。お金にはまだ余裕がある。でもいつまでもある訳ではない。そろそろ終わらせなくてはならない。僕はまだ新人で、年に一作中編を発表するだけでは、いかにも足りない。でも、と僕はまた思う。内容が大事なんだ。量じゃない。つまらない長編が二本よりも、せめて自分にとって完璧《かんぺき》な短編が一本だ。それでいい。編集者は違う考え方をするだろう。でも僕は僕のやりたいことをやるしかない。でも僕はここでもまた間違えているかもしれない。僕のやり方なんて本当はどうでもいいのかもしれない。僕にとっても。

マンションを出て、暗い駐輪場に行って自転車に跨《また》がり、駐車場を横切って道路に出て、少し行くと品川道だ。車の通りは少なくなっている。それを西へ行く。ちょっと唄う。「If you leave me now, you take away the biggest part of me. Woo, no, baby, please don't go」。別れの際《きわ》で、ウウウ〜とかのんびり唄ってる場合じゃないような気がする。でも歌ってのはそういうちょっと余裕を必要とするものなんだ…違う。必死のときでも、いや必死だからこそ、唄って伝えたくなるときがあるんだろう。ティアーズインヘヴンを唄うクラプトンだって、もうホント、唄うしかないんだろう。相模《さがみ》原線《はら》の線路に近づいてくる。品川道はググッと地下に潜ってそれをくぐるけど、上にあがる坂が面倒臭いので、僕はそれには付き合わず、横道に入る。住宅地をとにかくまっすぐ相模原線と平行に進むと、多摩川の堤防に垂直にぶつかる。そうしたらその暗い道を上流方向へ行く。歩道が狭くてトラックの通りが多くて、結構危険だ。でもそれをやり過ごす。すれ違う車が途絶えると、草の匂《にお》いがする。カエルや虫の鳴き声が聞こえる。遠くで蟬《せみ》も鳴いている。細いプラスチックの糸を何か硬いもので挟んでこすってるみたいな虫の声が耳を突く。

静か過ぎるので僕はまた唄い始める。

「イフユーリーミナーウユーテイカウェイザビーッゲスパートブミー…」

また同じ曲だ。

シカゴのこの曲が僕の頭の中にずっと回ってる。

「ウウウ～ノウベビプリーズドンゴー…」

堤防が鶴川《つるかわ》街道とぶつかり、僕は鶴川街道に乗って、橋を渡り始める。夜の多摩川は暗い。曇っていて月明かりもなくて、どこが川原でどこが水面か判《わか》らない。ただの黒い帯だ。深い。でもその深さもはっきりしない。長くて広い、厚みのはっきりしない帯が橋をくぐって僕の左右に伸びている。その縁に、堤防に配置された明かりと、そこを行く車が並んでいる。

橋の真ん中に差し掛かったとき、携帯が鳴る。兄貴だ。自転車を停めて足をペダルから地面に下ろす。

「もしもし」「お前今どこよ」「え？外」「何で外出てんだよ。外ってどこよ」「多摩川」「なんでそんなとこにいんだよ。てめー母ちゃんそっち向かっててっかもしんねーだろうが。どうすんだよおめーのいねーうちにそっち着いちゃったらよ」「しらねーようるせーな。今栄美子迎えに行くとこなんだよ」「栄美子ちゃんは一人で帰ってこれんだろーが。何だよ酔っ払ってやがんのか、あの子？」「別に酔っ払ってねーようるせーな」「いいから家にいろよ」「だから栄美子迎えに行ってるんだっつーの」「帰れバカ」「はあ？ふざけんなよ。何で帰んなきゃなんねーんだよ」「バカ。だから言ってんだろーが。母ちゃんもしそっち向かってたらどうするんだっつの、おめーいなくて。タクシーの運ちゃん待たしとくわけにいかねーだろ」「いくよ。待たしときゃいいだろ。そんなん…」「バカ。てめーいいから帰れよ。栄美子ちゃんどこにいんだよ」「帰らねーようるせーな」「栄美子ちゃんどこだって。もういいよ俺が栄美子ちゃんに電話して一人で帰るように言うから」「はあ？ふざけんなってコラ。なんで俺も栄美子もそんなことしなきゃなんねーんだって」「あたりめーだろが。母ちゃん一人でどうすんだって」「おめーが母ちゃんに暴力振るうからわりーんだろが」「うるせーよ、死ねよ。ついだよつい。てめー母ちゃんは俺が世話してんだからよ、おめーがそこに口出しする筋合いじゃねーんだよ」「何言ってんだクソが。俺は兄貴んチに二百万貸してんだろうが。これくらい口出す筋合いだっつーの」「うるせーんだよ小説でちょっと稼いだだけのあぶく銭…」「コラてめーマジふざけんなよ。俺が小説でどんだけ頑張ってっかしらねーだろうが。それにおめー大体今無職だろーが。何でけー口叩《たた》いてんだよ。クソアル中が」「死ねバーッカ。ホントマジで死ねよ」「おめーが死ねよ。全然役に立ってねーんだからよ。ああ？ふざけんなよ何があぶく銭だこの野郎マジぶっ殺すぞ。そんな風に言うんだったら速攻二百万返せやコラ」「何問題すりかえてんだよ」「すりかえてねーよ二百万返せって。おい」「大体…」「うるせー黙れ。いいから二百万の話しようぜ。あ？あぶく銭で稼いだ俺の二百万、てめー返してみせろってんだよ。今すぐ」「うるせえなあ、人がちょっと言ったことにそんな風に…」「てめー死ねよ。あぶく銭とか言ってふざけやがって。二百万てめーに貸したとき、俺、出し渋ったか？ああ？なんか俺恩着せがましいこと言ったか？ああ？どうなんだよコラてめー」「…だからさ、」「だからさじゃねーんだよてめーコラ。答えろよ」「うっせーよ！おめーゴチャゴチャうっせーんだよ！」「何逆ギレしてやがんだこのボケが。勝手なことばっかり言いやがってクソ。あぶく銭だの何だの言うんだったらもう返せよコラ！」「判った判った！返しゃいいんだろこの守銭奴が！てめーみてーなクソのクソ金いらねーよ！返してやるよ全部」「返してみろボケ！明日朝イチで返せよコラ！」「てめー明日俺そっち行っておめーぜってーぶっ殺すかんな。コラ。ぜってーぶっ殺してやっからな」「やってみろボケ！何脅迫してんだよ。てめー立場が違うだろうが。どっちが正しんだよ。言ってみろよ。ああ?ボケの甲斐性《かいしょう》なしの貧乏人が。アル中！人のことクソクソ言ってってけど、てめーがクソだ。クソ以下だてめーは」「…」「二百万明日返すって約束だからな。忘れんじゃねーぞ」「…」「もういーからおめーは死ね！」

電話を切る。携帯を川に投げ込んでやろうかと思う。でもそうしても、僕のドコモは暗闇の中に消えてしまうだけで、本当に川に落ちたのかどうか判らないだろう。欄干の向こうは遠くの堤防の明かりのか細い並び以外は丸い、ふくらみのある闇で、遠いも近いもなくなっている。自分が立っているのが橋の上と知らなければ、下に川が流れているなんて判断はつかない。

僕は携帯を闇に投げる代わりに自転車を降り、それを倒し、足の裏でそれを蹴《け》り、踏みつける。ガシャン！スポークが何本か、少しだけ曲がる。少しだけ。

僕は携帯をポケットに突っ込んでから欄干に胸を押し付ける。下を見る。闇の中の多摩川は、まるで架空の存在だ。音もない。気配もない。ここが橋の上だから、その下には川があることになっている。顔を上げると、街の灯の中に巨大な黒い帯が海に向かって続いていている。振り返ると、同じ帯が、海とは別の地平に向かって伸びている。この長い帯状の闇の中で何が行なわれていても僕は気づかないだろう。

でも、街の明かりだって、神には十分だろうか？

実は神の目には街もまた大きな暗闇の中に包まれて閉じ込められて見えないのではないか？暗闇の中で目を慣らした僕たちのための明かりが、実は神の目には暗すぎるということはないだろうか？

僕は空を見上げる。星がある。星の瞬《またた》きは僕の目をつぶさない。でもあの明かりは、近づけばもっともっと明るいものなのだ。天にいる神はそういった眩《まぶ》しい星の明かりに慣れていいて、実は僕たちのことなど闇の中にあって気づいていないのではないか？

だとすれば、僕たちは神の目の届かないところで、実は自分たちだけの力ですべてをしっかりやっていかなくてはならないんだ。祈る姿も苦しむ姿も見えていない神の足元の暗闇の中で、僕たちは神の視線を意識したまま生きてきてんだろうけど、でも最終的には全部自力で処理していく他ないのだ。

神のご加護を祈り、それがかなわぬ理由が、ただひたすら照明の明るさによるものだとすれば、逆に僕的には納得がいく。

見えないものは助けられない。


僕は強烈な孤独感に唐突に押しつぶされそうになり、昼間の明るい川のことを思い出そうとする。多摩川。

僕と栄美子は、付き合いはじめのころに、よく多摩川を散歩していた。春だろうと夏だろうと秋だろうと冬だろうと、二人で自転車で河川敷まで出て、それから手をつないで歩いたり、ビニールシートを敷いてご飯を食べたりしたのだ。京王多摩川駅のそばの多摩川河川敷《かせんじき》には野球やサッカーのグラウンドがしつらえてあって、平日の昼間は犬を散歩させる人たちくらいしか人はいなくて、僕と栄美子は芝生の上を踏んで川べりまで行って、ビールを飲んだり焼き鳥を食べたりスナック菓子を食べたり、えびせんを鳩《はと》やカモにあげたり烏《からす》にぶつけたりしたのだ。

僕は鳥が好きだ。

栄美子はそうでもない。鳩に対して威張ったりするのが好きじゃないらしい。

川では蛇も見た。

最初はそれが蛇だとはわからなかった。緩やかに流れる多摩川の水面に、珍しく波が立っているんだという風に見えた。でもその波が別の波紋を作りながらユラリユラリと形を変えつつこちらにやってくるのを待ち、それが水面で体をうねらせて泳ぐ一匹の大きなアオダイショウだと知った。蛇なんてなかなか見れない。その上泳いでる姿なんて、僕は初めて見た。優雅な泳ぎだった。器用なスタイルで自分の体をくねらせて、それでもまっすぐ自分の行きたい方向に進んでいく様を見ていると、ほおと感心してしまうほどだった。整列した網状の鱗《うろこ》、艶《あで》やかな柄とそのグラデーション。蛇がそんな風に美しい生き物だとも知らなかった。顔を水面から上げたままで、向こう岸から多摩川を渡ってきたらしいその蛇を僕は歩きながら追いかけ、眺めた。栄美子は蛇を怖がったが、本当にそれは怖いから怖がっている怖さなのだろうか？黒くて丸い、光沢のある蛇の目。この生き物を誰かが怖がるということが、僕にはこのとき信じにくかった。

いろんな国において、多くの場合、蛇は神の化身だ。日本でもそうだ。蛇を奉《たてまつ》る神社は多い。蛇の信仰はヤハウェ信仰に先行した。でもどうして他の動物ではなく、蛇が神になったんだろう？

他の動物になくて蛇にあるものとは何だろう…と考えて、僕は思う。違う。

問いを間違えている。

他の動物にあって蛇にないものとは何か、を考えるべきなのだ。蛇は欠損の動物だ。蛇には手と足がない。

そういう欠損が蛇を神に仕立てたのなら、神の不完全性もメタフォリカルに証明される。そして神たる蛇にないものが多いなら、蛇より多くを持つ僕たちには、神よりもいろいろ、手と足以外の部分で、欠損が多いのだ。それが当然だ。

…いやいや、僕はまた間違えている。蛇は脱皮する。脱皮するたびに美しい、若々しい鱗を取り戻す。それが蛇を永遠性の象徴とさせるんだろう。永遠なるものが神だ。でも僕は先の間違いの解釈のほうを支持したい。神は完璧でなくていい。永遠でなくていい。神が僕たちと同じく不完全で、いつか死ぬならば、僕は救われた気分になる。

そうだ。神は何度でも死ぬべきなのだ。地上の蛇が脱皮するように、神も何度も死んで美しい、新しい体を取り戻し、そうして細切れの永遠のなかで人を導けばいい。

でも、と僕は思う。地上の闇の中に沈んでしまった僕たちを神がすでに見失っているのならば、このように神を求める思いも全《すべ》て無駄な一人相撲だ。やはり僕たちは一人一人で何とかやっていかなくてはならない。

僕は歩道に倒したままの自転車を立てる。そこに跨る。ペダルを踏んで進む。曲がったスポークは特に運転に影響を与えない。僕は自転車を完全には壊さなかった。僕の頭の中に、栄美子を迎えにいかなくてはならないという気持ちがあったからだろうか?

橋の真ん中から、恐らくは夜の多摩川の真上から、僕は自転車をしずしずと漕《こ》ぎ出す。そして思う。

あの蛇は多摩川の向こう側、つまり稲城《いなぎ》市の方から来たのだ。もしあの蛇が神なら、神は調布、僕たちの住んでいるほうに来たのだ。でもキリスト教では蛇は最終的に神の敵。悪魔の化身。悪魔も神の一種であることはいいとして、結局あの時川を渡ってきたあの蛇は、正しい神だったのだろうか。それとも間違った神だったのだろうか。

…それはたぶん、僕が何を信じるかによるんだろう。

バカな僕が実のところ神に反する者ならば、僕がうっとりと眺めたあの美しい蛇は僕側の存在、神の敵だろう。そしてそれを忌《い》み嫌った栄美子は神側の存在で、正しいのだ。

でも反対にこんな僕でもどこかに正しいところがあって、神の側に立つ者ならば、あの蛇はやはり神であって正しくて、栄美子こそが神の敵ということになるけれど、栄美子が、単なるバカの考えた言葉にせよ、「神の敵」となることを僕はよしとできない。だから…と思って、僕は首を少し振る。よせよせ。

僕はまたバカなことを考えている。問題を不必要に大きく考えている。無意味な設定で無意味な自問自答を繰り返している。

僕と栄美子を対立させる必要などどこにもない。僕も栄美子も同じく人間だ。それで神が蛇なら僕たちは皆揃《そろ》ってリヴァイアサン＝「大いなる蛇の息子」であり、神が蛇でなくて、僕たちの形の基となった存在であっても、僕たちは同じく神の子である。どちらにしても神の庇護《ひご》を受けるべき存在だ。

「頼むぜパパ」

目を凝らして闇の中をじっと見なくてはならない。僕も、神も。

多摩川の水面に、今も川を渡る蛇がいるのかもしれない。暗闇《くらやみ》の中を、僕が本気で覗《のぞ》けば、ひょっとしたらその姿を見つけることができるかもしれない。そうして蛇を見つける僕を見習って神も僕を必死に探し始めるかもしれない。

でも、多摩川は本当に真っ暗だ。僕にできないことがどうして神にできるだろう？

地上の闇もこれほど真っ暗なら、一匹の蛇を求めて欄干の向こうを覗き込んだりしないだろう。特に他にやることがあるなら。

神と人。人と蛇。蛇と神。象徴が循環してお互いを食い始めてウロボロスの蛇を作って永遠。永遠。

僕にもやるべきことがある。神について考えるんじゃなく。人について考えるんじゃなく。小説を書くのでもなく。答えを見つけるんでもなく。僕は栄美子を稲田堤の駅まで迎えに行かなくてはならないのだ。

僕は多摩川を渡り終える。調布から稲城市に入る。稲城市の方が道が広く、家が少ない。通る車も少なく、店も少なく、明かりも少ない。でもだから、こちらには神の蛇がいかにもいそうに思える。

僕はまた変なことを考えている。よせよせ、とまた思う。こんなことを考えていても仕方がない。神なんてどうでもいい。

鶴川街道を左に曲がり、稲田堤に続く車の通りの少ない川崎街道を一人、ライトをつけないままに自転車で走りながら、僕は唄《うた》い出す。

「あのヒットの〜ママに会うために〜ワッデュワ。バッスールームに〜ルージュの伝言〜。うわー気な、こーいーをーはーやーくーあーき〜らめない限り〜、ウッチーには〜か〜え〜ら〜な〜い〜」

　ははは、と僕はちょっと笑う。

「バンデュビダバ、バーンデュビダバデュビ・バンデュビダバ、バーンデュビダバデュビダー。ア〜」

と唄っているところで稲田堤の駅の高架の下に着く。

「何陽気に唄ってんだって」

栄美子がいる。車道と歩道の境に、縁石の上に腰をかけている。

「遅いよ」

と言う栄美子は顔を上げずに、パンツスーツの足を開き、膝《ひざ》を曲げ、その間に顔を入れている。後ろを見ると吐瀉《としゃ》物がある。

「吐いたの？」と僕が訊《き》くと栄美子はウンウンと頷《うなず》く。「まだ気持ち悪い？」。すると首を横にぶんぶん振る。「タクシーん乗る？」。また首をぶんぶん振る。

「直樹一人で乗っていいよ」

　顔をうつぶせたままで栄美子がそんな風に言う。

「私、一人で自転車で帰るから」

僕はそれをやり過ごそうと思う。いつも通りに。酔っ払って一人でこんなところで待ってて、たぶん気分が落ち込んでるんだ。

僕は自転車を下りる。そして栄美子のそばに立ち、腋《わき》の下に手を入れて腕を持ち、立ち上がらせようと引っ張ってみる。栄美子が僕の腕を払う。

「もういい。直樹触んないで。いいから一人で先帰って。私大丈夫だから」

酔っ払うとときどきこんな風に意味もなく僕に突っかかってくるのだ、栄美子は。それをいつもやり過ごすのだ、僕は。

でも今日の僕は、ここでふと、こいつはここで俺が帰らないと思ってこんな風に言ってるだろ、と発想してしまう。

僕は自転車を栄美子のそばに止めたままでそこを離れる。顔をうつぶせたままの栄美子が遠くなる。僕は振り返るのをやめる。僕の足音が遠ざかるのが聞こえたのか、角を曲がりかかったところで栄美子の泣き声が聞こえる。

「直樹ー」

僕は角を曲がる。タクシーが通りかかり、それを停める。後部座席が空き、涼しい車内、後部座席に頭を突っ込み、足を入れ、腰をシートに載せる。ドアが閉まる。

「直樹ー」とくり返す栄美子の泣き声が途切れる。鶴川街道で調布に向かってくださ い、と僕は言う。「はい」と運転手は言う。白髪で体格のいいその運転手には、栄美子の泣き声は聞こえなかったみたいだ。

タクシーが走り出し、僕は今日の特別なことは一体何なんだろうと思う。どうして僕はいつものとおり稲田堤まで来たのに、一人でこうして帰ってしまっているんだろう？母親と兄貴の喧嘩《けんか》も、僕と兄貴の喧嘩も、栄美子が稲田堤で僕を待つことも、僕がそこに栄美子を迎えに行くことも、全て時々あることなのだ。でもこうして栄美子を置いてきてしまっている。

僕はある程度までタクシーで帰るふりをして、でも結局途中でUターンして、稲田堤に戻るつもりなんだろうか？栄美子をちょっと驚かせただけということにして、僕は稲田堤に帰るだろうか？

そうはしたくない、と思う。このまま一人で家に帰ってみたい、と思う。そういうことを試してみたい、と思う。

川崎街道を右に曲がって鶴川街道に入ったとき、僕は胸が締め付けられる。栄美子を置き去りにすることが、こんな風に辛《つら》いなんて。でも僕は運転手のおじさんにUターンをお願いすることができない。体が硬直してしまっている。怯《おび》え？疲れ？迷い？どれでもない。僕は決めているのだ。Uターンを頼むつもりはない。

黄色いラインの入った緑色のタクシーに乗って多摩川を渡りながら、僕は目を瞑《つぶ》る。

あの暗い、不確かな川を渡りながら、僕は怯える。闇に。神に。蛇に。一人であることに。

多摩川を渡り終え、品川道が近づいてくる。ここは調布だ。蛇のこちら側。稲城側の空が不吉な色に思える。僕は胸をさする。そうするうちに品川道を右折し、路地を行き、タクシーは僕の部屋のあるマンションに着く。僕は二千七百七十円を払う。

「ありがとう」と運転手に言って駐車場に降り立つ。するとそこにもう一台タクシーが停まっていて、中から母親が出てくる。

「あーもうちょっと、直樹、あんたどこほっつき歩いてんのよ。ちょっとさ、こっちの運転手さんにも料金払ってあげてくんない？」

運転席から降りてきた痩《や》せたおじさんに僕は二万円を払っておつりはいいと言う。母親の乗ってきたタクシーに、痩せた運転手が戻ろうとする。母親が兄貴の悪口を言い連ねている間、僕は立ち尽している。ワイシャツを着たおじさんの背中が運転席に収まるのを見つめている。

僕と母親との間には暗い川が横たわっててお互いを隔てていたはずなのに、でも母親はここまでやってきた。

タクシーを使って。

僕たちには手と足がある。でもどんなに体をひねっても、自分の手と足で、岸と岸を分かつ広い暗い川を必ずしも渡ることはできない。ときには道具が必要になる。タクシー。自転車。電車。飛行機。バス。

酔っ払いの女の子に、自転車は乗れない。

だから僕は最初にタクシーに乗って帰ってこいって言ったんだった。

僕は母親を乗せてきたタクシーが、駐車場を出ようとする時に、手を上げて叫ぶ。

「すいません!」。兄貴んところには今夜は戻んないわよ、とうるさい母親に違う違う、と言って一緒にタクシーに乗り込む。痩せたおじさんが「今度はどちらへ」と言う。

「稲田堤へ」

「はい」

母親が言う。「あんたそんなとこ、今頃何しに行くのよ」

「栄美子迎えに行くんだよ」

「えー何?どうしたの?どうして栄美子さん、そんなとこにいんのよ」

「酔っ払ってるの、置いてきたんだよ」

すると母親はちょっと黙る。それから言う。「あんたそんなこと、お父さんはしなかったわよ。私がどんなに酷《ひど》いこと、言ってもさ。私をこんな夜中にどっかに放っておいたりだけはしなかったわよ」

そうだった。同じようにバカだったけど、僕と兄貴の父親は、とにかく優しいところがあったのだ。今の僕たちよりもずっと。

僕と母親の乗るタクシーは品川道から鶴川街道を南に進み、暗い多摩川を渡る。今度は僕は目を開けたままだ。

僕はちゃんと見なくてはいけない。

多摩川を渡ったタクシーは鶴川街道を左に折れて川崎街道を進み、稲田堤駅のさっきの場所に、僕の自転車を見つけ、それより二十メートル向こう、僕が一人でタクシーを拾った場所の近くに、フェンスに寄りかかって立ったまま寝ている栄美子を見つける。

僕はタクシーを下り、栄美子の肩に触れる。栄美子が目を覚まし、また僕の名前を呼んで泣く。ごめんなさいごめんなさいと言いつづける。こちらこそごめんなさいね栄美子さん、と母親が言う。そして泣きじゃくる栄美子を僕と母親が挟んで乗り込んだタクシーが発車し、僕たちはもと来た道を戻ってまた僕のマンションに行く。

栄美子と母親を着替えさせ、歯を磨かせ、僕は栄美子の顔を濡れタオルで拭《ふ》いてやってから、ダブルベッドで川の字に寝る。

栄美子。

僕。

母親。

栄美子はしばらく泣いてから、眠ってしまう。

母親は僕にまた兄貴の悪口を言い、それから「あんた、栄美子ちゃんもっと大事にしてあげなさいよ」と言う。

僕は暗闇の中で頷く。

それ以上母親が何も言わないところを見ると、真っ暗な部屋の中で、僕がうなずいたことが、母親には判ったのかもしれない。

僕はそれから二人の間で寝息を聞きながら、朝を待つ。

兄貴が朝イチで僕を殺しにくるかもしれない。二百万円は持ってこれないだろう。もちろん持ってこれるはずがない。でも何だかんだ言って、いや何だかんだ言うことすらないかも知れないが、やっぱり殺しに来たりするはずないだろう。兄貴と僕は基本的には仲が良いのだ。だからこそ金だって貸してやったのだ。

栄美子と母親に挟まれて僕が待つのは、朝の太陽の光が多摩川を照らすことだ。闇が払われ、川の岸と岸がはっきりし、川面《かわも》を泳ぐ蛇の姿が見えるようになることだ。

もちろん朝日がすべての暗い川を明るく照らすことはないにしても、とりあえずまず一つ、僕のそばにある実際の川がとにかく晴れればいいと思うのだ。

朝を待ちながら、僕は小声で何かを唄おうとするが、でも何を唄っていいのか判《わか》らない。どんな曲も僕の口に昇ってこない。きっと今、歌は必要ないんだろう。

an Asura-Girl in Love

第二部「森」はラッセ・ハルストレム監督の傑作映画「やかまし村の子どもたち」「やかまし村の春・夏・秋・冬」よりインスパイアされています。

この作品は二〇〇三年一月新潮社より刊行された。
「川を泳いで渡る蛇」は「新潮」二〇〇三年七月号に掲載され、本書に初収録された。

松岡圭祐著　ミッキーマウスの憂鬱

秘密のベールに包まれた巨大テーマパーク。その〈裏舞台〉で働く新人バイトの三日間を描く、史上初ディズニーランド青春成長小説。

松岡圭祐著　ミッキーマウスの憂鬱ふたたび

アルバイトの環奈は大きな夢に向かい、一歩ずつ進んでゆく。テーマパークの〈バックステージ〉を舞台に描く、感動の青春小説。

中村文則著　遮光
野間文芸新人賞受賞

黒ビニールに包まれた謎の瓶。私は「恋人」と片時も離れたくはなかった。純愛か、狂気か？　芥川賞・大江賞受賞作家の衝撃の物語。

赤川次郎著　ふたり

交通事故で死んだはずの姉の声が、突然、頭の中に聞こえてきた時から、千津子と実加、二人の姉妹の奇妙な共同生活が始まった……。

有栖川有栖著　絶叫城殺人事件

「黒鳥亭」「壺中庵」「月宮殿」「雪華楼」「紅雨荘」「絶叫城」――底知れぬ恐怖を孕んで闇に聳える六つの館に火村とアリスが挑む。

有栖川有栖著　乱鴉の島

無数の鴉が舞い飛ぶ絶海の孤島で、火村英生と有栖川有栖は「魔」に出遭う――。精緻な推理、瞠目の真実。著者会心の本格ミステリ。

北村薫著
スキップ

目覚めた時、17歳の一ノ瀬真理子は、25年を飛んで、42歳の桜木真理子になっていた。人生の時間の謎に果敢に挑む、強く輝く心を描く。

北村薫著
ターン

29歳の版画家真希は、夏の日の交通事故の瞬間を境に、同じ日をたった一人で、延々繰り返す。ターン。ターン。私はずっとこのまま？

北村薫著
リセット

昭和二十年、神戸。ひかれあう16歳の真澄と修一は、再会翌日無情な運命に引き裂かれる。巡り合う二つの《時》。想いは時を超えるのか。

小川洋子著
薬指の標本

標本室で働くわたしが、彼にプレゼントされた靴はあまりにもぴったりで……。恋愛の痛みと恍惚を透明感漂う文章で描く珠玉の二篇。

小川洋子著
まぶた

15歳のわたしが男の部屋で感じる奇妙な視線の持ち主は？　現実と悪夢の間を揺れ動く不思議なリアリティで、読者の心をつかむ8編。

小川洋子著
博士の愛した数式
本屋大賞・読売文学賞受賞

80分しか記憶が続かない数学者と、家政婦とその息子——第1回本屋大賞に輝く、あまりに切なく暖かい奇跡の物語。待望の文庫化！

宮木あや子著
花宵道中
R—18文学賞受賞
あちきら、男に夢を見させるためだけに、生きておりんす——江戸末期の新吉原、叶わぬ恋に散る遊女たちを描いた、官能純愛絵巻。

宮下奈都著
遠くの声に耳を澄ませて
恋人との別れ、故郷への想い。瑞々しい感性と細やかな心理描写で注目される著者が描く、ポジティブな気持ちになれる12の物語。

南綾子著
婚活1000本ノック
南綾子31歳、職業・売れない小説家。なんの義理もない男を成仏させるために婚活に励む羽目に——。過激で切ない婚活エンタメ小説。

山田詠美著
蝶々の纏足・風葬の教室
平林たい子賞受賞
私の心を支配する美しき親友への反逆。教室の中で生贄となっていく転校生の復讐。少女が女に変身してゆく多感な思春期を描く3編。

山田詠美著
アニマル・ロジック
泉鏡花賞受賞
黒い肌の美しき野獣、ヤスミン。人間動物園、マンハッタンに棲息中。信じるものは、五感のせつなさ……。物語の奔流、一千枚の愉悦。

山田詠美著
学問
高度成長期の海辺の街で、4人の子供が放つ生と性の輝き。かけがえのない時間をこの上なく官能的な言葉で紡ぐ、渾身の長編小説。

松本　修著

全国アホ・バカ分布考
―はるかなる言葉の旅路―

アホとバカの境界は？　素朴な疑問に端を発し、全国市町村への取材、古辞書類の渉猟を経て方言地図完成までを描くドキュメント。

宮沢章夫著

牛への道

新聞、人名、言葉に関する考察から宇宙の真理に迫る。岸田賞作家が日常の不思議な現象の謎を解く奇想天外・抱腹絶倒のエッセイ集。

信友直子著

ぼけますから、よろしくお願いします。

母が認知症になってから、否が応にも変わらざるを得なかった三人家族。老老介護の現実と、深く優しい夫婦の絆を綴る感動の記録。

吉本ばなな著

とかげ

私のプロポーズに対して、長い沈黙の後とかげは言った。「秘密があるの」。ゆるやかな癒しの時間が流れる6編のショート・ストーリー。

吉本ばなな著

キッチン
海燕新人文学賞受賞

淋しさと優しさの交錯の中で、世界が不思議な調和にみちている――〈世界の吉本ばなな〉のすべてはここから始まった。定本決定版！

よしもとばなな著

さきちゃんたちの夜

友を捜す早紀《さき》。小鬼と亡きおばに導かれる紗季《さき》。秘伝の豆スープを受け継ぐ咲《さき》。〈さきちゃん〉の人生が奇跡にきらめく最高の短編集。

阿《あ》修《しゅ》羅《ら》ガール

新潮文庫　ま-29-1

平成十七年五月一日発行
令和六年六月五日十一刷

著者　舞《まい》城《じょう》王《おう》太《た》郎《ろう》

発行者　佐藤隆信

発行所　株式会社 新潮社

郵便番号　一六二—八七一一
東京都新宿区矢来町七一
電話 編集部(〇三)三二六六—五四四〇
読者係(〇三)三二六六—五一一一
https://www.shinchosha.co.jp

価格はカバーに表示してあります。

乱丁・落丁本は、ご面倒ですが小社読者係宛ご送付ください。送料小社負担にてお取替えいたします。

印刷・錦明印刷株式会社　製本・株式会社植木製本所

ISBN978-4-10-118631-3 C0193